鲁道夫和一只叫白雪的猫

黑猫鲁道夫④

[日]齐藤洋 著
[日]杉浦范茂 绘
秦岚 译

鲁道夫和一只叫白雪的猫

黑猫鲁道夫4

[日] 齐藤洋 著
[日] 杉浦范茂 绘
秦岚 译

新星出版社 NEW STAR PRESS

目录

序章

大家好！我叫鲁道夫，是一只会写字的黑猫。我出生在日本的岐阜县，现在住在东京东部的江户川区。

我很小的时候，住在岐阜县，是一个名叫理惠的小女孩养的宠物猫。

有一天，因为偷吃鱼店的柳叶鱼，我被老板一路追赶，一直逃到一辆大货车上。但鱼店老板不肯罢休，冲我扔过来一个拖把。我的脑袋被砸中，当场就晕了过去。就这样，我被大货车从家乡拉到了这里。等我一觉醒来，发现自己已经到了东京。

这是前年春天的事，距离现在已经有两年半的时间了。

有一个词叫作“光阴似箭”，用来形容时间过得快。我也觉得好像是这么回事。这个词听起来酷酷的。因为我从没见过飞射而过的弓箭，所以它的速度到底有多快，我也不知道。

哦，对了，我这样称呼鱼店老板好像有点不太礼貌。称呼他为“鱼店的老板先生”，或许更合适。毕竟，对别人用尊称才是一只有教养的猫应该有的行为。但是，我实在太讨厌他了，所以一不小心就直呼其名。以后我要多注意。

无论是猫还是人，都必须有教养。

接下来，咱们换个话题吧。这是我写的第四本书。第一本书是《鲁道夫和可多乐》，第二本是《鲁道夫一个人的冒险》，第三本是《鲁道夫和来来去去的朋友》。

我的第一本书的书名中有“可多乐”。这是一只猫的名字。我刚来东京的时候，是他在照顾我。但是，他其实不叫“可多乐”，应该叫“虎子”。

我们第一次见面的时候，我问他：“我叫鲁道夫，你叫什么名字？”

“你问我？我的名字可多了！”

他本来想说他的名字有很多，我却误以为他的名字就叫“可多乐”。所以，从那以后，我就一直这样称呼他。

可多乐是一只棕灰色、有黑色条纹的虎斑猫。他不仅体形很大，像老虎一样强壮，而且能识字，知道很多事情。虽然他有时说话不太客气，但其实是一只很有教养的猫。

我认识可多乐的时候，他还是一只流浪猫。但现在他和主人日野先生生活在一起。很早以前，可多乐就住在日野先生家，

有一天，日野先生突然去了美国，可多乐就成了流浪猫。后来，日野先生又回到了日本，所以现在可多乐又成了宠物猫。

布奇[①]，就像他的名字一样，是一只毛色黑白相间的大花猫。他以前是商店街五金店养的猫，但现在成了流浪猫。他年纪比我大一点，却把我当孩子一样照顾。

还有一只叫作“大恶魔”的斗牛犬，是日野先生的邻居小川先生养的狗。以前我们关系不太好，但现在已经成了好朋友。

我在写这本书的时候，喜欢用“以前……但现在……”这

①布奇猫是日本的一种毛色黑白相间的长毛猫。

样的句型。这是因为以前的事情我都写在前三本书里了。如果你们读过那三本书，就会知道。

当然，这本书里不仅有可多乐、布奇和大恶魔，还有龙虎三兄弟、咪咪，以及日野先生家的保姆老太太和她养的狗……如果一直说下去，我的思路会被打断，还是暂且说到这里吧。

有的读者已经读过我的前三本书了,有的还没有读过。所以，我在写这本书的时候，会尽可能让大家了解一些前面的故事情节。如果大家觉得这本书很有意思，也可以读读前三本哦。

第一章　神社大门到功德箱的距离和《口袋版谚语词典》

清晨，太阳照在黄色的银杏落叶上，非常刺眼。

最近天气晴好，所以晚上我经常会在神社地板下睡觉。不过，昨晚嗖嗖的冷风从格子窗的缝隙吹进来，让我觉得格外冷。

可多乐是日野先生养的猫，晚上一般睡在家里。我在日野先生家出入自由，可以随时留在那里睡觉。

今晚是不是也要在日野先生家睡觉呢？

我最喜欢坐在神社功德箱前的台阶上眺望大门。这不，我正考虑在哪里睡觉的问题，就有人进来了。

事先声明一下，我住的神社虽然不是特别有名，但面积很大，从大门到功德箱有五十多米远。你可能会觉得有些奇怪，为什么我知道有五十多米远呢？因为前几天附近小学的几个学生来过这里，他们用卷尺测量了从大门到功德箱的距离。其中一个学生说："果然超过了五十米。五十米长的卷尺都不够用呢。"

我也不知道小学生为什么要拿卷尺到这里测量。也许是学校给他们布置了作业，让他们练习测量两个物体之间的距离吧。

先不说这些了。从神社大门向我走过来的，原来是布奇。

今年夏天，兽医家养的咪咪生了三只小猫，两只公的，一只母的。他们的父亲就是布奇。几只小猫长得很快，现在已经和我刚来东京时一样大了。

布奇蹭蹭蹭地跳上台阶，坐到我旁边。他舔了舔右前爪，又用左前爪蹭了蹭耳朵。

如果人类看到猫做这些动作，一定会说："看，猫在洗脸呢！"的确如此，我们用这种方式让脸看起来更干净。

布奇洗了洗脸，然后打了个哈欠，把头转向大门，问道："鲁鲁，最近有什么有趣的事发生吗？"

"有啊。"

听我这么一说，布奇盯着我的脸，问道："咦，什么事？什么事呀？"

布奇看起来有些无所事事。

在说那件有趣的事之前，我说："先不说这个，布奇，你觉得在这里闲逛很有意思吗？你不是说还要教给小樱桃他们很多本领吗？"

小樱桃是咪咪生的那只小母猫。

“很多本领？”布奇说完，又把头转向大门。

“是啊。比方说捉麻雀和爬树。布奇，你是他们的父亲啊！”

布奇依然望着大门，说：“这些事咪咪会教他们的。我从没见过猫做了爸爸还要教小猫的。我问你，你见过吗？”

“我也没见过，不过，我从可多乐那里学到了很多本领。现在他还在教我呢。”

“但虎子不是你爸爸啊。”

“虽然不是，但……”

“猫做了爸爸基本上都会这样。而且咪咪已经不喂奶了，也几乎不管孩子们。倒是泰里那家伙，好像每天都去孩子们那里。”

泰里是河对岸的市川市一个有钱的农民养的猫。他是龙虎三兄弟中最小的一个。

龙虎三兄弟都是虎斑猫。有一次，他们想找茬儿和我打架，老二恰克和老三泰里被可多乐打得落花流水，仓皇而逃。之后发生了很多事，现在泰里还留在日野先生家。

泰里非常用功，跟着我和可多乐学会了平假名、片假名和数字，还会认一些汉字。

“好像是这样。前天，泰里还来这里，说他在教孩子们学习平假名呢。”我说。

听我说完，布奇叹了口气，说道：“倒不是因为我不识字，而是我觉得教孩子们识字没什么用。前几天，我看到泰里在兽医家的院子里教孩子们写字。他一边用爪子在地上写，一边说：‘这是猫，读音是 māo。’拉奇和曲奇扭打在一起；小樱桃看似很认真地坐在那里，眼睛却盯着别处。最后，他们三个一个字也没有学会。”

拉奇和曲奇都是公猫。拉奇和小樱桃长得像布奇，而曲奇长得像咪咪。

“唉……”

见我叹气，布奇说：“快告诉我，有什么有趣的事嘛？”

“哦，是这样。昨天早上，我在附近的垃圾场发现了一个很好玩的东西。”

“什么好玩的东西呀？”

“一本叫作《口袋版谚语词典》的书。”

“《口袋版谚语词典》？”

“嗯。”我点了点头。

布奇把我从头到脚打量了一番，说：“你干吗捡那玩意儿呀？你身上有口袋吗？”

“当然没有。重点不是口袋，而是它是一本谚语词典，上面

有很多谚语。我把它放在神社地板下面，你想看吗？”

“我一点儿都不想看！”

虽然布奇这样说，但我并不介意，继续问他：“布奇，那本书上有‘从二楼来的眼药水’，你知道是什么意思吗？”

“这根本不是谚语，是脑筋急转弯吧？”布奇接着说，“从二楼来的眼药水……”

他一边说，一边抬头望着身旁的银杏树，好像在思考，然后说道：“我住在五金店的时候，眼睛曾感染了细菌，当时主人给我滴过眼药水。因为我乱动，眼药水都流进嘴里了，又苦又难喝。那句谚语是不是写错了呀？”

“写错了？”

“也许不是‘从二楼来的眼药水’，而是‘苦的眼药水’。意思是眼药水的味道，只有尝过才知道很苦。”

“苦的眼药水？那本书上写了‘良药苦口’，但没写‘苦的眼药水’啊。”

“那‘从二楼来的眼药水’是什么意思呢？”

“就好比从二楼给一楼的人滴眼药水一样，意思是没有效果，远水解不了近渴。”

“那泰里教孩子们识字不就是‘从二楼来的眼药水’嘛。你刚才说的‘良药苦口’是什么意思？”

“‘良药苦口’是说有疗效的药一般味道都是苦的，同理，别人的忠告虽然听着不舒服，但却非常有用。”

“原来如此。这么说，前天我对泰里就是‘良药苦口’。我觉得他教孩子们识字没有用，就劝他别再教了，他还有点不高兴呢。”

“是吧。唉，教那些不爱学习的人，真的没什么意义。”我一边说，一边想：《口袋版谚语词典》不仅有意思，还能立刻派上用场，多好的一本书啊！

第二章　泰里的说话方式和害怕女巫的猫

去年春天，龙虎三兄弟来神社，想找茬儿和我打架。

今年春天，恰克和泰里来到日野先生家，找我和可多乐。不过，这次他们不是来报仇的，而是因为他们的大哥布拉多和伙伴腊肠狗莫塔被一只恶霸流浪狗袭击，受了重伤，所以希望我们出马，为他们兄弟报仇。

之后，可多乐和恰克一起去了市川，而泰里作为人质，哦不，是猫质，留在日野先生家。

就在可多乐去了河对岸，寻找恶霸流浪狗的那段时间，那只狗却过桥来到我们这里，和我们发生了争斗。最后，我、布奇和大恶魔联手，狠狠教训了他。不过，他的运气真好，现在被日野先生家的保姆老太太收养了。

那件事情过去后，可多乐回来过一次。他说："河对岸有一家图书馆门窗关得不太严实，我可以随时去那里看英文书。"

然后，他又离开了，直到八月底才回来，一直住在日野先生家。

而猫质泰里后来再也没有回过市川，一直留在这里。

泰里对两个兄弟说："我想留下来学习更多的东西，就不回去了，行吗？"

我猜汉字是他最想学的东西之一。

这件事就说到这里吧。和我讨论完那些有意思的谚语后，布奇说他要去捉麻雀，然后离开了。

布奇始终认为我是捉麻雀的高手，但是如果我提出跟他一起去捉麻雀，他却并不乐意，经常推托，说要等技术熟练了再一起去。

布奇离开后，我去了日野先生家。除了去吃早饭，我还想告诉可多乐捡到《口袋版谚语词典》的事，顺便考考他那些书中比较难的谚语。

日野先生家的玄关下面有猫咪专用的小门，我们可以随时出入。日野先生很忙，经常不在家。不过，每天从早上到下午三点，保姆老太太都在家。

那天早上，我去了日野先生家，却发现保姆老太太并不在家。我猜她出去买东西了。可多乐和泰里也不在，他们去哪儿了呢？

我走进厨房，吃完早餐后，来到院子里。这时，我发现可多乐和泰里在小川先生家和日野先生家的院子中间的栅栏边。而且，咪咪的那个长得最像她的孩子曲奇也在场。隔着栅栏，还能听到大恶魔的声音。

“是吗？我怎么不知道！鲁道夫叔叔是坐大货车来东京的吗？”

听得出来，大恶魔对我佩服得五体投地。

接着，曲奇又望着泰里问：“是吗，泰里叔叔？”

“是的，确实如此。”泰里点头答道。

坐在旁边的可多乐一本正经地问曲奇：“你是说鲁鲁那家伙是开大货车来的吗？”

“当然不是啦。他是坐车来的。猫怎么会开大货车呢。”

听曲奇这么说，可多乐立刻举起两只前脚，做出转动方向盘的动作，说：“难道不是这样吗？一路上唱着‘开车，开车，真快乐’，然后开到了这里。”

“不是这样的。鲁道夫叔叔是坐在大货车的载货台上来到这里的！”

接着，大恶魔又故意逗爱较真的曲奇。

“你怎么还不明白呀？那家伙用了连魔鬼都想不到的办法，凭借意念，用力握着方向盘，然后一鼓作气把车开到了这里。”

“咦？难道鲁道夫叔叔是魔鬼……”曲奇话还没说完，就吓

03-94

得向后退了一步。

我听不下去了，问他们：“你们到底在聊什么呀？”

“哇！”曲奇吓得大叫一声，连连后退。

可多乐见曲奇害怕的样子，笑得前仰后合。而大恶魔也使劲将头从栅栏的缝隙探出来，一边对曲奇说：“啊，魔鬼来了！”一边问我，“鲁鲁，刚才曲奇问起你来东京的事，你是自己开大货车来的吗？”

“哪有这回事，瞧你们说的。”我一边说一边看了看曲奇，发现他紧张得连全身的毛都竖起来了。

这时，泰里对我说：“鲁哥，大家在拿曲奇开玩笑呢。我觉得这样对他不太好。如果他以后害怕魔鬼，那就麻烦了。”

泰里接着对曲奇说：“曲奇，别怕，没事的。世界上根本没有魔鬼。”

尽管泰里这样说，但他还是相信有猫神。

除了叫我“鲁哥”，泰里还叫布奇“布哥”，叫可多乐“虎哥”。他之所以这样称呼我，是因为我编过一个谎言，告诉他在我的家乡岐阜，地位高的人的名字可以用简称，所以“鲁道夫大哥”就成了“鲁哥”。后来，虽然我说出了真相，但泰里还是喜欢这样称呼我们，不愿省去“哥”这个称谓。

泰里和我、可多乐、布奇，以及大恶魔说话时，会用“咱”“什么的”之类的词语，但他和自己的兄弟，以及布奇的孩子们说话时，比较随意。

泰里因为大家取笑曲奇，有些不高兴。可多乐见状，对他说：“喂，泰里，在你小的时候，也有一只怕女巫的猫哟。”

我听了吓一跳，不解地看着可多乐。

可多乐说：“鲁鲁，确实有那样的猫呀。”说完，他大笑起来。

我知道他在取笑我，只好假装惊讶地说：“我不知道啊，怎么会有那样的猫？”

曲奇听了，战战兢兢地问我：“鲁道夫叔叔，泰里叔叔说您是从很远的城市开大货车来到这里的。难道您真是靠意念开车的吗？”

“我是坐在大货车的载货台上来到这里的。”

听了我的回答，曲奇这才放心了。“果然是这样呀。”说完，他松了一口气。

我问泰里：“小樱桃和拉奇去哪儿了？”

“他们都在兽医家。咱们来的时候，他们还在看电视呢。”

“那你只带曲奇过来了吗？”

“是的。不过，说实话……”布奇边说边朝栅栏那边抽动了一下鼻子，示意大家在大恶魔家的院子里说话比较方便。

我第一个站起来，从栅栏的缝隙钻进了大恶魔家的院子。

大恶魔走到我旁边，说：“收养曲奇的人定下来了，明天曲奇就要走了。”

泰里跟在后面，对我说："是的。今天过来就是想告诉大家，曲奇要去柴又的一家理发店。那里离这里不太远，我们可以经常过去看他，这样就放心了。"

柴又位于葛饰区，紧挨着江户川区，确实不太远。而且我还去过那里的帝释天[①]。

"曲奇知道这件事吗？"我问道。

泰里点了点头，并弯下了腰。

"当然知道。其实前天晚上就定下来了。当时，我在一旁听到了兽医和收养人的对话。收养人看上去非常喜欢猫。听说他是帝释天参拜路附近的'林理发店'的理发师。昨天白天，我去看了一下，店门口用片假名写着'理发店'，后面用汉字写了'林'，应该就是那里。那是一家小店，当时好像有两位客人在等着理发。穿着白色上衣正在工作的，应该就是来兽医家的收养人。"

大恶魔听了问泰里："你什么时候认识汉字了？"

"嗯。是虎哥和鲁哥教我的。我最近一直跟着虎哥学习，还懂一点儿英语。比如：'我是一只猫'用英语说就是'I am a cat'。"

"啊！你学得真不错。"

大恶魔在夸泰里的时候，从栅栏那边传来了可多乐的声音。

①即帝释天提经寺。

“喂，泰里，咱们该走了。如果再不快点儿，店门就要关了。我们就吃不到烧卖了。鲁鲁，你也一起去吧。”

“知道了，马上出发。”说着，泰里伸了一下腰。

“吃不到烧卖？”

听我这么问，大恶魔代替泰里回答道：“你知道吗？布奇以前住的五金店，现在改建成一家中国饭店了。这家饭店大概在一周前开业了。”

我只知道布奇以前住的五金店前不久在装修，但不知道那里是干什么用的。

“咦？我不知道啊。那里已经是中国饭店了吗？”

“是啊。虎子和那里的厨师混熟了，厨师答应让我们拿走前一天卖剩下的烧卖。昨天，虎子叼回来一个烧卖，我尝了尝，味道真是好极了。今天你也去吧。”

虽然我刚吃过早餐，肚子还很饱，但还是决定和他们一起去。

“这样我就能带回一个烧卖当礼物了。”说完，我跟着泰里钻过了栅栏的缝隙。

我很想去看看中国饭店到底是什么样子。

第三章　压力与深奥的汉字

我们来到布奇以前住的五金店前，惊讶地发现那里完全变样了，原来的二层小楼变成了一座四层大楼，一楼就是中国饭店。只见饭店门口的招牌上写着“广东料理香港饭店”几个字。

泰里问可多乐：“‘中国饭店’用英语说就是‘Chinese Restaurant’吧？”

外面的招牌没有写“中国饭店”，只写了“广东料理”四个字。“广东”应该怎么读呢？是“guǎng dōng”吗？

我不禁思考着。

“香港”，是读“xiāng gǎng”，还是“xiāng kǎng”呢？

中国饭店的门前是一个能停放四辆汽车的停车场，停车场最左边停着一辆白色面包车，后备箱的门还敞开着。

“这边，这边。”可多乐边说边朝饭店后面走去。

泰里和曲奇也跟了过去。

而我一边思考“广东料理”为什么是中国料理，“广东”怎么读，“香港”又怎么读这些令人头疼的问题，一边还抬头看了看门口的招牌。

这时，从饭店后面传来可多乐甜美的声音，他正在“喵……喵……”地叫个不停。

那是可多乐和人类打交道时，为了讨好人类才发出的声音。

“啊！今天有三只猫。”一个男人说道。

我也急忙跑到饭店后面。

中国饭店的厨房后面有一扇门。这时，一个穿白色厨师服的男人从门里探出头来。当他看到紧跟上来的我，说道：“哎呀，是四只猫。你等一会儿啊。”

说完，他就进去了。过了一会儿，他在折好的报纸上放了一些吃的东西，又出来了。

他把报纸放在水泥地上，对我们说：“昨天的生意好，只剩下五个烧卖了。今天再给你们加一根春卷尝尝吧。”

我在小学食堂的大妈那里吃过烧卖和春卷。说实话，我不太喜欢吃烧卖，因为它又干又黏，口感不好。虽然我今天吃饱了，对烧卖也不感兴趣，但还是决定来这里。

曲奇第一个朝报纸走过去，叼起一个烧卖。不过，他不可

ビール

能一口就吞下。

接着，泰里也叼起一个烧卖，后退了几步。

可多乐对我说："鲁鲁，你是不是不太喜欢吃烧卖？这里做的烧卖和小学食堂做的味道不一样哦，不信你尝尝。"

我把鼻子往烧卖那里凑了凑。

这里的烧卖比小学食堂的小一些。我想，可多乐应该可以一口吃下一个。

我闻到了肉馅儿的味道，于是伸出舌头，舔了舔。

烧卖在被拿来之前应该是保存在冰箱里，所以有点凉，但外皮却软乎乎的。而且，吃起来也不觉得黏黏的，口感特别好。

我高兴地咬了一大口。

这里的烧卖的确和小学食堂做的不一样，我甚至立即能分辨出两者的不同。特别是肉馅儿，很明显，这里的烧卖肉馅儿量大味足。

嗯，吃起来真是回味无穷啊。

这里的烧卖和小学食堂的味道完全不一样。虽说从外表看不出有什么差异，但不得不说，包在里面的肉馅儿简直是天壤之别。

我心满意足地嚼着烧卖，望着可多乐，发出"哇"的声音。

这是表达"太好吃了"的意思。

"看看你，嘴里含着东西说话，可不是一只有教养的猫该有的行为啊。”

虽然可多乐这么说，但看到他的样子，我就知道他并没有生气。

这时，可多乐朝报纸上剩下的两个烧卖张开大嘴，使劲地咬住其中一个。

可多乐应该算是巨型猫了，所以他一口就能吃掉一个小烧卖。而我和泰里就做不到，得先用嘴撕开烧卖，再分两三次吃完。

其实，只要观察大家的吃相，就能看出泰里以前是宠物猫，没有当过流浪猫。他们这样的猫吃东西很慢，不用担心食物随时会被别人抢走。

我也当过流浪猫，而且现在也算半个流浪猫，所以性情也和流浪猫越来越像。但是，在这一带，大家都知道我和可多乐关系很好，所以没有猫敢抢我的食物。不过即便如此，防人之心不可无。比如：我们叼着食物，准备去公园大吃一顿时，就曾有人类跺脚吓唬我们，或者朝我们扔石子儿。作为流浪猫，我们要随时做好防范，尽可能快地吃完东西。

我曾问可多乐，为什么有些人喜欢这么做。可多乐说：“也许这些人的心理压力太大吧。”

“什么是压力呢？”我问。

“简单地说，就是心理和身体都有负担。”

听了这样的解释，我还是不太明白，又问：“照这样说，天气冷和热也算压力吗？”

可多乐点头答道：“是啊。”

我并不认为那些人是因为天冷或者天热才欺负我们。于是，我继续问：“如果是这样，他们只会在天冷或者天热的时候欺负我们。但你想想，他们跺脚吓唬我们的时候，天气不冷也不热啊。”

可多乐回答说：“是啊，虽然他们的身体不觉得冷，但或许内心感到冷啊。”

这时，我才有点理解压力的意思。

回想起以前大恶魔欺负我们，是因为除了主人，谁都不能接近他，他感到孤独吧。

好了，先不说这个了。看，明明我比泰里吃得晚，却先把烧卖吃完了。

再仔细看泰里，他虽然还剩下最后一口，却停了下来，望着曲奇。

在曲奇快要吃完烧卖的时候，泰里问他：“你还想再吃点儿吗？”

我听了非常惊讶，同时感到很惭愧。

泰里一定是想到曲奇吃完自己的那份，可能还想吃，就留了一口。与之相反，我却独自享受美味的烧卖，完全没有考虑这些。

可多乐的体形比我大得多，而且没有吃早饭，一个烧卖肯定吃不饱。我知道，他要带回去的比烧卖还大的春卷是给大恶魔的。而且，他没有吃掉最后一个烧卖，是为了留给哪个还想吃的朋友吧？

当然，我没有想过要独吞两个烧卖。大家也没有商量五个烧卖和一个春卷怎么分，就开始吃了。

布奇有时候会把我当成小孩儿，因此我做事考虑不周。

可多乐问泰里："怎么办？你准备把最后一个烧卖留给小樱桃和拉奇吗？"

泰里轻轻地摇摇头，说："不给他们了。兽医不喜欢我们从外面带食物回家，他觉得不卫生。"

"哦，这样啊。"

可多乐说话的工夫，曲奇已经吃完了自己的那份烧卖，迫不及待地说："我还想吃。"然后，他把脸靠近最后一个烧卖，紧紧地咬住。

泰里见状，也赶紧把吃剩的最后一口烧卖塞进嘴里。

穿白厨师服的男人不知什么时候走开了。

见曲奇已经吃完第二个烧卖，可多乐便朝着已经关上的厨房门叫了一声："喵！"

"既然我们已经向厨师道过谢了，就赶快回去吧。我还要把春卷带给大恶魔吃。"说完，可多乐一口叼起了春卷。

那天晚上，我回到了日野先生家。可是，泰里不在，只有可多乐一个人在家。

“泰里呢？”我问可多乐。

可多乐回答说：“他去兽医家了。因为曲奇明天就要被人领走了。”

我趁机问可多乐：“喂，今天咱们去的中国饭店，招牌上写的字应该读作什么料理？为什么‘广阔的东边的料理’成了‘中国料理’？还有，那个店名应该怎么读呢？”

“哦，那个招牌要读作‘广东料理’。广东是中国的一个地名。日本料理中不也有类似‘关西料理’的说法吗？然后，‘香’字和‘港’字分别读作‘xiāng’和‘gǎng’。这是中文的读法。中国的首都是北京，是由‘北’字和‘东京’的‘京’字组成的。”可多乐简单地回答了我的问题。

“这么说，‘东京’就是‘广东’的‘东’和‘北京’的‘京’组合起来的词吧。”

听完我的话，可多乐说：“这么说也对。不过，中国很大，汉字有很多种读法。比起单个汉字的读法，词语的读法可能更准确。”

虽然我现在已经会读很多汉字了，但我仍然认为汉字非常深奥。

xiāng
香
港
gǎng
dōng
东
京
jīng

第四章　乌鸦的复仇和关于称呼的问题

几天前，曲奇被柴又的理发师收养了。

现在是星期天的傍晚。秋意渐浓，晚上我住在日野先生家，白天则经常回神社玩。

和往常一样，我喜欢坐在功德箱前的台阶上。

“喂，我现在捉麻雀的技术大有长进，很想让你见识一下。咱们一起去小学校园吧！”

布奇说完，迎面朝我走过来。

可是，等我们来到小学校园，却发现一只麻雀也没有。

“我刚才来的时候，明明看见有很多只麻雀，怎么现在一只都没有了……”布奇说着，突然停下不动了。

他紧盯着一只停在单杠上的乌鸦，小声说：“我以前就想过，为什么他们总是乱翻垃圾箱，就没人管管吗？真搞不懂。”

“大多数猫也会这样啊。”我说。

布奇说：“话虽如此，可是，不论是猫还是麻雀，如果不懂规矩，就应该学习。”

总之，布奇想找茬儿和乌鸦打架。

有一次，布奇明明不想吃鸽子，却故意欺负对方，从背后紧紧勒住人家的脖子不放。他很擅长这种摔跤技巧。

我对他说：“算了吧，布奇。别跟他们较劲了。再说，乌鸦也很厉害，不是好欺负的。”

“正因为他们厉害，才值得打一架啊。”说完，布奇朝单杠走了过去。

我从后面叫住他，说：“你还是算了吧。即使你赢了，事后也会惹麻烦的。”

“咦，为什么？”布奇停下了脚步，回过头来。

我走近布奇，向他讲述以前从日野先生家的电视上看的纪录片的内容。

“电视上说，乌鸦是一种非常记仇的动物。如果有同伴被欺负了，他们一定会替同伴报仇。”

布奇歪着脑袋问：“报仇？怎么报仇？”

“电视上倒是没播放他们报仇的画面，不过，我猜他们会隐藏在高处，等对方一来，便迅速飞下去，用嘴猛啄对方吧。”

“如果是这样，我会迅速回头，用拳头用力击打他们的嘴啊！他们哪里是报仇，明明是找打嘛。”

“那可不行，乌鸦不一定会飞下来攻击你。你可别小看他们，他们聪明着呢。就拿我住的神社来说吧，乌鸦只会在祭祀的时候出现。有很多神社和寺庙喜欢点蜡烛，我听说乌鸦会偷走蜡烛，然后悄悄地藏在一个地方。如果这些乌鸦来报仇，可怎么办？”

“可能会着火。可是，我家又没有蜡烛，没事的。”

“没错，你家是没有蜡烛。可是乌鸦知道你经常去日野先生家和兽医家。说不定他们为了报仇，会去日野先生家或者兽医家，然后把点着的蜡烛悄悄地……”

布奇马上打断了我，咂了一下嘴巴说：“唉……”

“我看你还是别教乌鸦学规矩了。今天这儿也没有麻雀，咱们还是回去吧。”

说完，我们朝校门口走去。

这时，我看到泰里从校门的铁栅栏缝里钻了进来。他跑到我们身边，气喘吁吁地说：“鲁哥、布哥，总算找到你们了。”

“怎么了，泰哥？发生什么事了？”

泰里听到自己被叫作“泰哥”，非常开心。我有时也会不自觉地叫他泰里，但还是尽量叫他“泰哥”。

泰里回答我说：“其实也不是多么紧急的事。只是我刚才突

然听说拉奇也被收养了。”

“嗯，这是好事嘛。收养人是哪里的？”

“是奥户的。”

奥户位于我们所在的小镇西侧，虽然和柴又同属于葛饰区，但由于不在一个方向，比柴又更远一些。

“哦，是这样啊……”布奇似乎对拉奇被收养一事并不感兴趣。

泰里却急忙反问道：“什么是这样啊，布哥，你难道不担心拉奇吗？”

布奇认真地看着泰里，说道：“你刚才说拉奇被收养了，换句话说，兽医已经把拉奇送给住在奥户的那个人了。你不必担心，兽医不会把小猫送给不知底细的人。我想他肯定知道对方的来历，或者了解对方是什么样的人，才做出这样的决定。所以，大家都不用担心。”

尽管事实正如布奇所说的那样，但泰里仍然用严肃的口吻质问布奇：“或许情况就像你说的那样。但是，即使兽医知道对方的来历，也不可能百分之百地放心啊。你作为拉奇的父亲，就真的不担心吗？”

泰里的口气有了变化。

其实，布奇并不是不担心拉奇，正如《口袋版谚语词典》上说的，“你有来言我有去语”。所谓“来言”，是指一方挑衅的话，而“去语”，就是另一方反驳的话了。特别是在卖东西的时候，体现得更加明显。比如卖家说：“这个怎么样？才两百元。”那么，买家肯定不会直接说“是吗？那我要了”之类的话。

只见布奇把脸凑近泰里，几乎要碰到他的鼻尖了，说道：“嗯，我不担心啊。猫的父母本来就是这样的。虽然我还隐约记得我妈妈的样子，但我并不知道爸爸是谁，他现在在哪里。话说回来，你知道这些事吗？”

说实话，我虽然清楚地记得理惠上小学时的模样，和她上中学后在浅草寺偶遇的情景，但我早就忘了我妈妈的样子。至于我的爸爸，和布奇一样，我连他是谁都不知道。我想泰里应该也和我们一样吧。

泰里轻轻地把脸背过去，但他并没有就此罢休。

此时的局面一触即发。

泰里微微地低下头，背过脸去。然后，他突然抬起头，额头正好撞到了布奇的鼻尖。

“你想干什么？”布奇说着，摆好架势，把肩膀往前倾。

泰里直截了当地说：“我很清楚地记得父母的模样。你也知道，我的主人是市川的农民，他将我父母分别养在一墙之隔的两个房间。虽然我父母不再年轻了，但身体很硬朗。我没有尽过孝心，但偶尔也会和哥哥们一起回去看望他们。你瞧瞧自己，因为没被父亲照顾过，就不管自己的孩子……”

泰里话还没说完，布奇就朝他猛扑了过去，用他擅长的摔跤技巧，用两只前爪紧紧地夹住泰里的脖子。

如果他们是闹着玩儿的，我可以煽风点火地说：“加油啊！布奇！杀了鸽子！杀了乌鸦！踢啊！踢啊！干掉他！”

但显然他们动真格的了，我不能坐视不管。

我把头伸到布奇的两只前爪和泰里的脸中间，大声喊道：“住手！”

布奇本来打算将两只前爪从泰里的脖子上挪开。但是，他在移动前爪的时候，不小心划到了我的右耳根，我顿时感到疼痛无比。

布奇也感觉到爪子划到我了，他看了看我，担心地问："你没事吧，鲁鲁？"

看到我的耳朵没有流血，他松了一口气，转而盯着泰里的脸，怒气冲冲地说："我从一开始就特别讨厌你。你是市川有钱的农民家养的猫，可以说是个大少爷。而我呢，以前就是五金店里养的猫，也不会说什么大话。但是，你这个大少爷总是用一副无赖的口气'咱'呀'咱'地胡扯，你到底是什么意思？"

我告诉布奇："泰里用的是另一种尊称。虽然我也听着有点别扭，但可能在市川地区比较常见。"

我替泰里说话，没想到却激怒了布奇。

"还有你，一说话总是'我'呀'我'的！"

被布奇这么一说，我也生气了，说道："这有什么不好的！"

这次轮到泰里帮我说话了："就是啊。'咱'也好，'我'也好，难道别人连说话的自由都没有了吗？"

我猜布奇本来想说自己的事，却变成了发牢骚，这时肯定很后悔。

可多乐经常这样说布奇："那家伙是个城市男孩。"

城市男孩给人一种"别人是别人，我是我自己"的感觉，但我和布奇交往后，发现他其实非常容易亲近。而且，他不太喜欢干涉朋友的事情。

“那就算了吧。”布奇小声嘟囔着，又对泰里说：“你怎么说话是你的自由，但请你以后不要再叫我布哥了。”说完，他朝校门的方向走去。

“等一下，布奇！”我喊道。

这时，布奇已经走到了校门口。他轻轻地跳上门柱，又跳了下去。

我站在原地没动。一来我想知道拉奇到底被什么人收养了，二来我和布奇是老朋友了，即使有矛盾也会化解。再说泰里好不容易找到我们，我不忍心把他一个人丢在这里。

我朝门柱那边望了望，发现泰里也在朝那边看，嘴里还嘀咕着：“还是不要为了‘咱’什么的争论了。我之前一直在想……”

我没有作声。

泰里问我：“鲁哥，你也不喜欢被我这么称呼吗？”

我从侧面看着泰里的脸，回答说：“其实叫的时间长了，我也习惯了。不过，比起‘鲁哥’，我更喜欢‘鲁鲁’或‘鲁道夫’这样的称呼。”

泰里低下了头。

我又补充道：“日野先生叫我‘crow’，在英语中好像是‘乌鸦’的意思。而保姆老太太喜欢叫我‘黑黑’。不过，最近倒是没有人叫我‘小不点儿’了。”

见泰里仍然低着头，我说：“咱们回日野先生家吧。”

于是，我准备迈开脚步往前走。

我回头一看，发现泰里也跟了过来。于是，我等了一会儿，然后和他肩并肩地走着。

在路上，我对泰里说了些“今天是星期天，日野先生一定在家”“除了猫粮，日野先生还准备了小菜”之类的话。但泰里只是“嗯”“啊”地回应，好像并没有专心听我说话。

那天晚上，我住在日野先生家。

夜里，趁着泰里去兽医家看小樱桃，我把这一天在小学校园里发生的事告诉了可多乐。

说完了事情的经过，我又说：“布奇最后跟泰里说‘以后不要再叫我布哥了’，是不想再和泰里交往的意思吗？我很担心。”

可多乐说：“我们不会因为称呼而不想跟人交往，产生矛盾。不过，这也没什么，所谓‘不打不相识’，就是这样。”

“不打不相识”这句谚语，《口袋版谚语词典》里也有。意思是两个人打完架后，反而关系会比原来更好。

我想，果真是那样就好了。

对了，忘了说了，和泰里一起回到日野先生家后，我的右耳根也不觉得疼了。

第五章　荞麦面馆的三毛猫的名字和练习捉蚂蚱

布奇和泰里吵架之后的一个星期，我一直没有见到布奇。

流浪猫也分为很多种。可多乐还是流浪猫的时候，就把神社作为自己的根据地。我也是这种情况。也就是说，我们睡觉的地方是固定的。布奇却不是。他有时住在神社的地板下面，有时住在日野先生家或兽医家，或者借宿在大恶魔的狗窝里。遇到上面这种情况，大恶魔会从狗窝里出来，睡在院子里。而且，布奇会四处闲逛，睡觉的地方也不固定。所以，我经常几天见不到他。

但是，以前还从来没有出现过一个星期都见不到布奇的情况，所以我非常担心。我找遍了布奇可能去的所有地方，还是没有找到他。

荞麦面馆的三毛猫总喜欢吹牛，有时甚至造谣，所以我并不是很喜欢他。但他和布奇关系很好，或许他知道布奇的下落。所以，布奇失踪一个星期后，我一大早就去找三毛猫。但是，他也不知道布奇的下落。

“我想起来了，前几天，他说他想乘着俄罗斯的宇宙飞船去太空旅行，说不定他现在已经在月亮上了。”

接着，他又自言自语：“也不知道他现在怎么样了。”

我想，三毛猫也在担心布奇吧。

我不知道三毛猫真正的名字是什么。不过，大家平时都叫他“荞麦面馆的三毛猫”。只有可多乐叫他“荞麦面馆的米凯”。或许“米凯”就是他真正的名字吧。如果一见到对方就说“我叫鲁道夫，你叫什么啊”之类的话，会不会让人家觉得很尴尬呢？

彼此见过面却不知道对方名字的情况也有。不过，如果对方知道我的名字，我却不知道对方的名字，多少感觉有些不自在。

我之所以敢肯定三毛猫知道我的名字，是因为当他说完“也不知道他现在怎么样了”后，我又问他：“你知道还有谁可能知道布奇的下落吗？”他就说：“鲁鲁，如果连你都不知道，就没人知道了。”

在布奇和泰里吵架之后的一个星期，我每天都去兽医家。其实我主要是想看看布奇回来没有。如果咪咪也在的话，我还可以跟她说说话，或者照顾一下小樱桃。不过，我并没有告诉咪咪和小樱桃布奇失踪的消息，因为这样只会让她们更担心。

说实话，我并没有特别关注布奇的几个孩子。因为我非常清楚，这三只小猫迟早会被送走，如果我和他们太亲近，等到分别的时刻，大家都会非常伤感。

但是，每当我来到兽医家，看到他们时，就会忍不住想和他们亲近，因为他们实在太可爱了。

我见过荞麦面馆的三毛猫后，便去了兽医家。

今天是星期天，家庭宠物医院休息，所以大门紧闭着。我越过水泥围墙，跳到院子里。但我没有看到咪咪，只看见小樱桃在草坪上跳来跳去的，一个人玩耍。

我走到小樱桃身边，和她打招呼：“嗨，小樱桃。”

小樱桃看了我一眼，说：“啊，是鲁道夫叔叔呀。你等我一会儿啊。我正在捉蚂蚱呢。”说完，她又在草坪上跳来跳去的。

“小樱桃，现在这个季节，已经没有蚂蚱了哟。”

听我这么说，小樱桃便停下来，走到我身边，说：“我知道，蚂蚱过了夏天就没有了。”

“那你为什么还找来找去的呀？”

“我说我在捉蚂蚱。其实，我不是真的在捉，而是在练习捉，为蚂蚱的出现随时做好准备。蚂蚱很好吃哟。”

“小樱桃，你吃过蚂蚱吗？”

“没有，不过爸爸说很好吃。”

“爸爸？你说的是布奇吗？”

“是啊。”

“布奇跟你说蚂蚱很好吃，是吗？”

“嗯。”

“什么时候说的？”

“什么时候？应该是曲奇被送走之前吧。”

“布奇来过这儿吗？”

“来过啊。我一个人在这儿玩的时候，他翻过墙头，问我：‘哎呀，小樱桃，就你一个人吗？’然后，他给我讲了蚂蚱的故事，还给我带了好吃的。”

“好吃的？是什么啊？”

“嗯，最近他经常带一种叫作烧卖的东西。每次只有半个。”

“烧卖？什么时候的事？”

“什么时候——什么时候呢？”

小樱桃歪着脑袋想了想，回答说：“是拉奇被送走的第二天。吃完早饭后，大家都不在，我正觉得无聊，爸爸就带着烧卖过来了。”

那天应该是星期一。

我立刻来了精神，继续问小樱桃：“在那之后，爸爸还来过这儿吗？”

小樱桃朝上翻了翻眼珠，看着我说：“爸爸是谁？是您的爸

爸吗？我可没见过呀。”

“才不是呢，是你爸爸布奇呀。”

“您怎么不早说？您只是问‘爸爸还来过这儿吗’，我怎么知道是谁的爸爸呀。泰里叔叔经常对我说，‘说话要让人听得懂’。”

我在说她爸爸的事，按理说她应该明白。我猜她一定是想把泰里教给她的话告诉别人吧。

我又说了一遍：“也是啊。从那以后，也就是两天前，星期一吃完早饭那次以后，你爸爸又来过这里吗？”

“没来过！”小樱桃回答得很肯定，然后马上换了一个话题，“鲁道夫叔叔，我听说除了平假名和片假名，您还会认很多汉字。您到底会认多少个字啊？”

“啊，这个我倒没数过，也不知道具体有多少个。不过，出现在人类报纸上的汉字，我应该都会认。”

“您好厉害啊！泰里叔叔说他只会认约三十个汉字，不过，他还是很乐意教我。”

“那你跟泰里叔叔学的汉字都会认了吗？”我问道。

“不会认……”小樱桃说完，又去练习捉蚂蚱了。

我不知道她说的“不会认”是指不识字这件事，还是她根本就不想回答我。如果泰里遇到这种情况，一定会对小樱桃说“说话要让人听得懂”吧。

看着小樱桃练习捉蚂蚱的样子，我发现她除了白色的毛发中夹杂着黑斑点很像布奇外，跳跃的姿势也非常像他。

“再见了，小樱桃。”说完，我跳上了水泥围墙，然后又跳到墙外面的地上。

第六章　要做好思想准备的淋浴，以及面子和危机管理

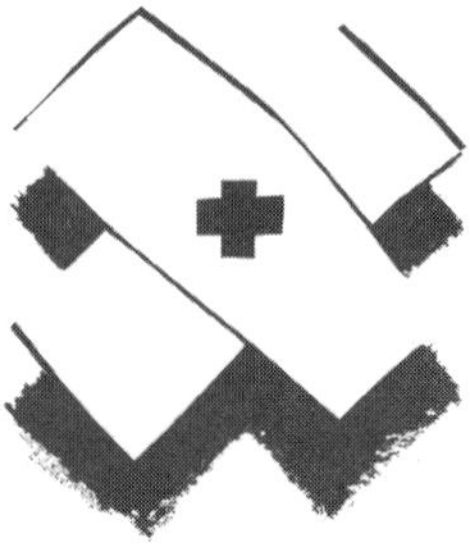

从兽医家出来后，我打算回日野先生家。我跳到小川先生家的水泥围墙上，看见大恶魔和可多乐正在院子里的狗窝前。

虽然听不清楚，但我感觉他们好像在说什么。

面对着我的大恶魔似乎注意到了我，朝我这边看。背对着我的可多乐也回头看了我一眼。

他们的表情都很严肃。

我从墙上跳下来，沿着水池走到他们身边，问道：“怎么了？”

即使我这样急切地问，大恶魔也不回应，只是轻轻摇了摇头，用下巴示意我朝狗窝口看。

“什么？”

我边说边朝狗窝里张望，只见躺在褐色的毛毯上的，不是

别人，正是布奇！他正侧着身子，懒洋洋地伸展四肢。

我看着大恶魔，问道：“他什么时候回来的？”

“就是刚才。”大恶魔又补充道，“一会儿日野先生家的保姆老太太得给他刷洗半小时吧。”

我又朝狗窝那里看了一眼。

看样子连刷子都要做好思想准备了。布奇浑身上下都是土，连背上都牢牢地粘着干泥巴。或许这些东西用刷子根本刷不掉，得让他做好洗淋浴的思想准备。

瞧，他的下巴上也粘着黑色的东西呢。

见我盯着那块黑色的东西看了又看，可多乐从后面说：“那是血，已经凝固的血。如果你仔细看，会发现他身上的毛也掉了一些。我猜他肯定受伤了，应该是被其他猫抓的。不过好在他已经没事了，你不用太担心。”

“他去打架了吗？”我问可多乐。

可多乐回答我：“可能是吧。”

布奇一定是累坏了，瞧他睡得多香啊。即使我们在旁边说话，也没有吵醒他。

“我们还是去那边说话吧。”大恶魔说着，便朝水池的方向走去。

可多乐默默地跟了过去。我也跟在他们后边。

大恶魔坐在水池边的草地上，可多乐挨着他坐了下来。我则坐在他们旁边一块平坦的大石头上。

我以前喜欢坐在这块石头上，一动不动地凝望水池，看着绿色池水中的金鱼时而出现，时而消失。

我问大恶魔："布奇去哪儿了？他说什么了吗？"

"他没说，我们也没问。刚才，他踉踉跄跄地走回来，只说了一句'让我睡会儿'，便钻进了狗窝。等我问他肚子饿不饿的时候，他已经睡着了。我想他可能实在是太累了吧。"

我望着狗窝，自言自语地说道："他回来我就放心了，不过，他到底去哪儿了呢……"

"肯定离这里不近。"

听可多乐这样说，大恶魔点了点头。

布奇是不会找茬儿去打架的。而且，在可多乐的地盘上，所有的猫都知道布奇，也知道他和可多乐的关系很好。所以，这一带没有猫敢招惹我和布奇。如果布奇真的打架了，应该不是在这附近。

猫的地盘并不是以根据地为中心，然后像圆规一样画出一个规则的圆形区域。比如，日本都道府县每个行政区也都不是圆形，而且都道府县政府也不是位于都道府县的中心；千叶县的县政府是千叶市，但却位于千叶县的边缘。猫的地盘分布也是这种情况。

可多乐的地盘如果以日野先生家为中心，南北区域要比东西区域相距更远。向北走可以到达常磐线附近，而向南走可以到达比总武线还远的地方。这是一块很大的地盘哦！但是，向东走只能到达江户川区。向西走嘛，最远只能到达公交车大道靠西一点儿的地方，距离这里并不远。

那布奇究竟去了哪个方向呢？我正在思考这个问题，就听见可多乐说："可以确定的是，他不可能去江户川东边。"

我同意他的说法。

江户川东边的市川和松户是龙虎三兄弟的地盘。刚才我以都道府县为例，解释了一下地盘。如果以国与国之间的关系为例来解释，可以说可多乐的地盘和龙虎三兄弟的地盘是同盟国。即使布奇去了江户川东边，那里的猫也不敢欺负他。

大恶魔听了嘟囔着："如果没有什么要紧的事，布奇应该不会走得太远。"

"对啊。"可多乐点着头说。

我几乎同时反问道："要紧的事？"

接着，我又说："就算没有什么要紧的事，他也有可能去一些地方啊。我不也是从岐阜意外来到东京的吗？"

"话虽如此，不过布奇已经算成年猫了，他会非常小心的，肯定不会被鱼店老板拿着拖把一路狂追，不得不跳上大货车的载货台。"

可多乐的口气和平常不太一样，好像话里带刺，我有点生

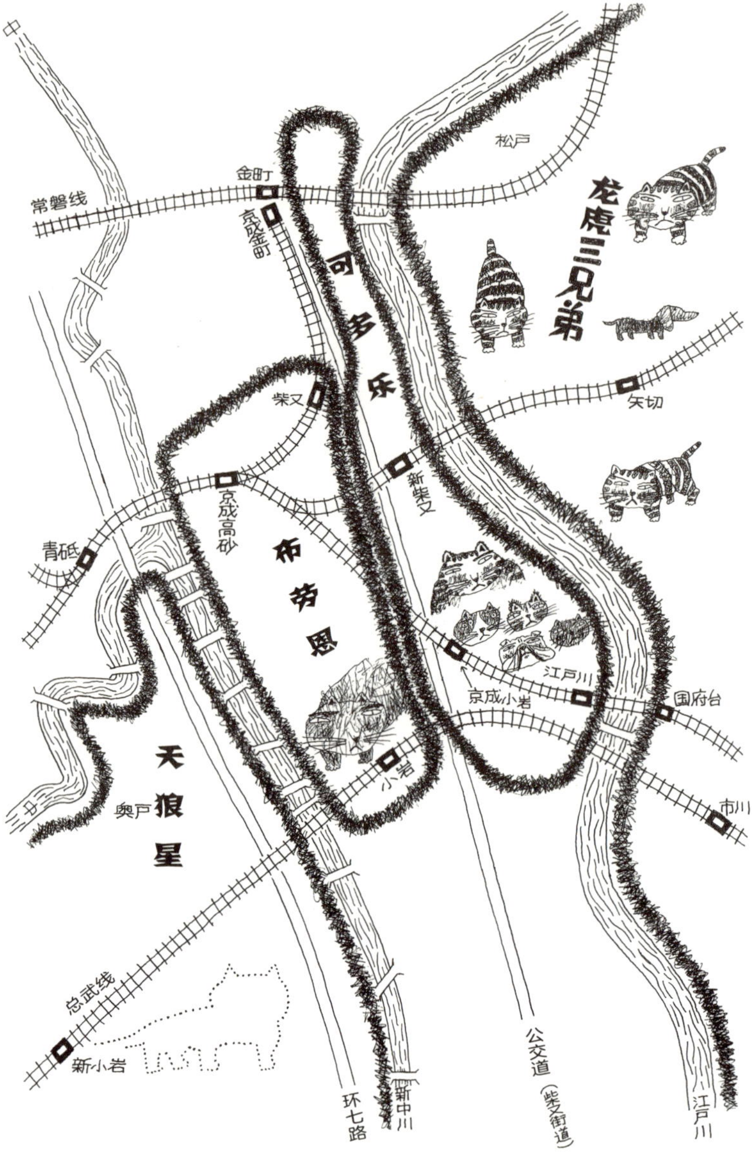

常磐线
金町
京成金町
松户
龙虎三兄弟
可
多
乐
柴又
矢切
新柴又
京成高砂
青砥
布
劳
恩
江户川
京成小岩
国府台
小岩
天
狼
星
奥户
市川
总武线
新小岩
环七路
新中川
公交道
（柴又街道）
江户川

气了。

不过我来东京时确实还是小猫，也很单纯。即使是现在，布奇也经常把我当作孩子。

我又说："等布奇醒了，问问他，不就知道他干什么了，去哪儿了吗？"

听了我的话，可多乐和大恶魔对视了一下。

大恶魔说："依我看，布奇醒了也不会说。是吧，虎子？"

可多乐点了点头："嗯。"

"为什么？"我说完，看了看可多乐，又看了看大恶魔。

大恶魔对我说："就算你问他去哪儿了，又能怎么样呢？"

"什么怎么样，这样不就知道他的行踪了吗？"

"谁知道呀？"

"我和你，还有可多乐啊。"

"打个比方吧，要是布奇去了常磐线的北边，在那儿和谁打架了，然后受了点伤回来了。他告诉了虎子这件事。这样虎子……"

听到这儿，我总算明白大恶魔的意思了。

如果是那样，可多乐肯定会去找打布奇的家伙，为布奇报仇。万一那家伙发起反击，把同伴召集过来报仇，混乱程度可想而知。真要闹到那种地步，消息传到河对岸的市川龙虎三兄弟那里，布拉多和恰克一定也会召集众猫，跨过连接松户和金町的大桥，发动一场战争。

“布奇的复仇战！”

布奇本来没事，但这样一来，事态就复杂了。

我曾听恰克说过，只要龙虎三兄弟一声令下，就可以召集三千只猫。

三千这个数字虽然听起来有点夸张，但就算是它的十分之一，也有三百只猫了。

“原来如此。”

见我嘟囔着，大恶魔轻轻地点头说：“嗯，是这样。”

然后，可多乐说：“布奇在哪儿，和谁打架受伤了，他说不说都没关系。”

我不明白可多乐的意思，于是问他：“你为什么这么说呢？”

大恶魔对我说：“鲁鲁，在你来之前，我是这样跟虎子说的。你觉得那个怎么样？”

接下来，轮到我问大恶魔了：“‘那个’是指哪个啊？”

“什么哪个，你……”说完，大恶魔看了一眼可多乐。

可多乐把脸转过去，什么也没说。

大恶魔看着我，叹了一口气，说：“这是虎子说的。布奇不喜欢坐车，不管去哪儿都是走路去。所以，按他失踪的天数算，他最远也就单程走四天的路。我也是这么想的。所以，只要去虎子的地盘的西边和南北边向那里的猫打听一下，就会知道是谁打伤了布奇。这是虎子的原话。这样我们就可以去找那家伙，然后……”

听到这里，我不假思索地说：“咦？可多乐，是这样吗？”

我转念一想，可多乐应该会这样做，所以不用大惊小怪。

“可是，可多乐，作为一只有教养的猫，不应该这样做……”

听我这么说，可多乐立刻反驳我：“教养不是世界上最重要的！”

他接着说：“话虽如此，我们还是等布奇醒来后，问问他再说吧。”

说完，可多乐挺直腰板，朝日野先生家和小川先生家的院子中间的栅栏走过去，准备回家。

等可多乐的背影完全消失了，大恶魔说：“布奇被打了，虎子非常生气，说一定要找对方算账。我觉得他可不只考虑这一件事，问题很棘手啊。”

“不只考虑这一件事？还有什么事吗？”我说。

大恶魔说：“布奇说过：‘虽然鲁鲁会识字，会读书，知道很多事，但有些重要的事他却不知道。’我觉得他说得一点没错。”

他停了一下，又补充道：“其实就是面子和危机管理的问题。”

“面子和什么……危机管理？”

“是的，比方说，虎子有可能不太喜欢他的地盘上的某只猫。但如果这只猫被其他地盘的猫欺负了，即使虎子再不喜欢他，也肯定会为他报仇。如果虎子地盘上的任何一只猫被欺负了，虎子就会觉得自己也被欺负了，不会坐视不管。所以，所谓的‘危机管理’，就是……”

大恶魔说着，抬头望了望天空，然后又看着我的脸说：“如果在虎子地盘上的猫被欺负了，虎子装作不知道，对方就会觉得虎子好欺负，甚至会趁机来抢占他的地盘。虽然我觉得虎子不会输，但是万一他输了，中国饭店的春卷也好，烧卖也好，都有可能被抢走。所以说，要想不输，并不一定非要赢。不引发战争也是不失败的一种方法。这就是所谓的‘危机管理’。”

“是这样啊……”

我却预感要出什么大事。

我走到大恶魔的窝前，探进头去，只见熟睡中的布奇，后腿轻轻地抽动了一下。

第七章　想回家的泰里和三毛猫的名字

我非常犹豫，要不要把可多乐的打算告诉泰里呢？

如果告诉泰里，他肯定会告诉布拉多和恰克。但是如果不告诉他，就必须隐瞒这么重要的事。

我考虑了一会儿，最终想出一个两全其美的好办法。

布奇回来的那天，泰里早早出去散步了，直到傍晚才回来。

我待在日野先生家的书房里，见泰里回来了，就问他："你去哪里了啊？"

泰里不好意思地笑了笑，回答道："去了趟柴又……"

果然和我猜想的一样，他去见曲奇了。

可多乐正在椅子上睡觉。

我小声对泰里说："你过来一下……"

他跑出门外，来到走廊里。

等他出来后，我去了厨房。

在厨房里，我告诉泰里，布奇回来了，以及可多乐的打算。

然后，我说："事情可能会越来越糟糕……"

刚才还坐着听我说话的泰里，突然直起腰板说："我突然想起来我还有急事，要出去一下。"

他的反应在我的意料之中，我试探性地问他："什么急事？"

"嗯，没什么，一件小事而已。"

泰里明显是在骗我。他肯定是想回市川，告诉布拉多和恰克可多乐的计划。

我问："你是不是想回家？"

泰里故意装糊涂地问："什么？家？哪儿的家呀？这里不就是我家吗？"

"你装糊涂也没用。你是想回市川，告诉布拉多和恰克吧？"

"咦？你说什么啊？"泰里还打算继续装糊涂。

我不作声了，紧盯着泰里的眼睛。

泰里只好说："真没办法，还是被你猜中了。是的，我要去告诉哥哥们。上次恶霸流浪狗找我们麻烦，不也是虎哥去市川替我们报仇的嘛。所以，这次虎哥要大战一场，我们肯定不能袖手旁观啊。怎么说这次也不能让虎哥亲自出马，有我们龙虎三兄弟就够了。只要布拉多哥哥一声令下，市川、松户的三千只猫……”

我打断了泰里：“你快打住，这不成了战争吗？”

“是啊，那又怎么样？”泰里用一副无所谓的口气说道。

我说：“真要闹到那种地步，除了打伤布奇的那个家伙，还会牵扯很多不相干的猫。”

泰里不以为然地说：“不相干？根本就没有不相干的猫。举个例子，我现在住在这儿，受到虎哥一家的关照，那么和他有关的事就是我的事。我的事就是布拉多哥哥和恰克哥哥的事。而我们龙虎三兄弟的事，就是市川、松户三千只猫的事。”

“你这种想法太冲动了。”我说。

但泰里根本不在乎我怎么想，说：“既然如此，我要……”说着，他就要出去。

我把他叫住，说：“先等等，泰里。可多乐有他的作战计划。你都不知道他打算怎么做，就召集那么多猫来，可多乐也不好办啊。”

这是我为了阻止泰里回市川而提前想好的话。

我的计划成功了。

泰里终于回过头对我说：“你说的也有道理。”

我说：“所以你最好先看看情况再说。”

“嗯。我应该先去问问虎哥，看看他有什么计划。”说完，他从猫咪专用的小门出去了。

我也从日野先生家出来，钻过栅栏，来到了小川先生家的院子里。

月光下，水池的水面波光粼粼。此时，大恶魔正躺在狗窝外面。

我走到他身旁，小声地问："布奇呢？"

"还在睡觉呢。他真的太累了。"说完，他站起身来，朝我们白天说话的地方走过去，示意我们在那儿说话。

我跟着他过去，坐在那块平坦的大石头上。

大恶魔问我："你想阻止可多乐吗？"

"嗯。"我点头说道。

大恶魔坐在石头前面，说："我不能出去，所以你在外边干什么，我都帮不上忙。但是，如果你有事，可以和我商量啊。我觉得最好用和平的方式解决问题，不要发生冲突。"

"这样最好。不过，要说和平解决问题，我们连打了布奇的猫是谁都不知道，现在说什么计划都没用。毕竟，不问布奇的话……"

听了我的话，大恶魔轻轻地摇摇头，说："白天不是说过了吗？布奇肯定不会说的。"

"也是。"我无奈地叹了一口气。

大恶魔说："如果布奇不说，我们就必须调查打人的家伙是谁，再考虑该怎么办。"

“可是我们一点线索都没有呀。”

“你真的这么想吗？”

“这么说，你已经猜到那家伙是谁了？”

“不，我也不知道是谁。不过，他是哪里的猫，也不是一点线索也没有。”

我听了，不由得从石头上探出身来，问道：“咦？大恶魔，你猜到了？”

“只要仔细想一想，大家都可能猜到。”

“大家都可能猜到？”

“是啊。你想想，如果布奇没什么事，会去哪里呢？如果他有事，又会去哪里呢？如果他没事，却不在虎哥的地盘，稀里糊涂去了更远的地方，我们就不知道他的去向。但如果他有事出去的话，只要弄清楚是什么事，就能知道他去了哪里呀。布奇到底去干什么了？”

“他也没说要去干什么啊。如果他真去了那里的话……”说着说着，我突然想起了白天小樱桃说的话。

“来过啊。我一个人在这儿玩的时候，他翻过墙头，问我：‘哎呀，小樱桃，就你一个人吗？’然后，他给我讲了蚂蚱的故事，还给我带了好吃的……”

“啊！难道……”我不禁脱口而出。

大恶魔点了点头。

“我也是这么想的。他很有可能去看孩子。不过，柴又是虎子的地盘，他去那里不会挨打。所以……”大恶魔没有继续往下说。

我说：“是奥户。他肯定去了奥户。但是，他并不知道拉奇被送到了哪里。我也不知道呢。”

“奥户属于葛饰区，即使再远，一天也能来回。因为他不知道拉奇在哪里，所以花了好几天时间到处寻找，后来还和那里的猫发生了冲突。

“是的，一定是这样。对方是奥户的猫。”

我突然觉得很高兴。但是，只知道是奥户的猫还不行，毕竟住在奥户的猫太多了。

想到这里，我有点失落。

这时，大恶魔说：“如果你知道了和布奇打架的猫是谁，打算怎么办呢？”

“这个嘛，只有让对方向布奇认错，再当着可多乐的面，让他们俩和好。”

“是啊，这是最好的处理办法。如果当事人和好了，外人也不好怒气冲冲地说‘我饶不了你’之类的话。问题是，如果知道了那家伙是谁，该怎么让他道歉呢？”

“这个得看具体情况了，现在不好说。如果那家伙认为自己没错，是不会道歉的。”

“也是啊。”

“嗯。但是，正所谓‘百思不如一试’。”

这个谚语也出自《口袋版谚语词典》。意思是与其担心这担心那的，还不如付出行动试试看，也许会发现事情出乎意料地简单。

总之，我们明天应该先去一趟奥户。

为此，我必须先去日野先生家的书房看看《东京都行政区划地图》。但是，如果可多乐也在书房，看见我从书架上抽出《东京都行政区划地图》，一定会问：“鲁鲁，你想查什么？”然后比我先采取行动。既然我和大恶魔能推断出对方是奥户的猫，可多乐肯定也会猜到。

他最晚会在明天问布奇对方是谁后，再去奥户。所以，现在还有一天时间……

我正考虑这件事，看到月光下可多乐和泰里已经钻过栅栏，朝我这边走来。

可多乐走到我身边，问大恶魔：“布奇醒了吗？”

“还没有。”大恶魔接着说，“哦，虎子，我刚才正跟鲁鲁商量呢……”

“大恶魔，住口，别……”我的话还没说完，大恶魔已经把我的想法全都告诉了可多乐。

果然，可多乐听了说道：“那家伙是不会轻易向布奇道歉的，而且，我也不能让鲁鲁去冒险。”

大恶魔说：“或许是这样，但你想想，在和你成为朋友之前，布奇和鲁鲁的关系就特别好。也就是说，如果布奇受了欺负，不管怎样，鲁鲁都应该比你有发言权。”

听了大恶魔的话，可多乐说：“也是啊。”但他马上又说，“那我和鲁鲁一起去吧。”

大恶魔说：“那可不行。你去找那只和布奇打架的猫时，肯定会把奥户的猫一个个抓来盘问：‘和布奇打架的混蛋就在这一带。那家伙是谁？如果你不老实交代，就别怪我不客气！’即使对方不知道，被你这样严加追问，也只能被迫坦白。真要是这样，鲁鲁的方法不就不管用了吗？”

大恶魔不愧是可多乐的老朋友，太了解他的性格了。

大恶魔继续说：“总之，这次行动就交给鲁鲁吧。他非常聪明，一定能想出连魔鬼都想不出来的好办法。而且，以后你也不用再把鲁鲁当小孩子看了。正所谓‘爱孩子更要让他经历风雨’嘛。”

《口袋版谚语词典》中也有这句话。意思是如果真心爱孩子，就不要娇惯宠爱他，让他吃点苦，受点磨难，反而会更好。

但是，可多乐并没有同意。

“如果鲁鲁出了什么意外，怎么办啊？”

“他可能会和布奇一样受伤，这也是没办法的事。不过，就算受了点儿伤，这时……”

泰里打断了大恶魔，说：“这时，市川、松户的三千只猫会立刻冲进敌人的阵营呀！”

可多乐看了一眼泰里，对大恶魔说：“你说的也对。”

然后，可多乐对我说：“总之，一旦预感到有危险，你就马上逃跑。如果你答应我，我就让你负责这次行动。”

“好的，我答应你。明天一早我就出发。”说完，我突然想到有什么事差点忘了。

是什么事呢？哦，对了，是荞麦面馆的三毛猫的名字。我一直想问问可多乐，却总是忘记。

这次总算想起来了，于是我问可多乐：“对了，可多乐，你知道荞麦面馆的三毛猫叫什么名字吗？”

“他叫米奇。”

泰里听了说道：“他明明是猫，怎么叫米奇啊？为什么给他取个老鼠的名字呢？”

大恶魔笑着说：“确实让人觉得很奇怪。”

“那只叫米奇的荞麦面馆的三毛猫，是个什么样的家伙呢？”泰里问道。

可多乐回答说：“车站附近有一家荞麦面馆。米奇就是他们家养的猫。他一向有‘广播电台’的称号，喜欢到处散布谣言，而且还爱夸大其词。别说把猫说成老鼠了，就连老鼠都能被他说成是龙。”

“广播电台啊……”泰里自言自语道，“如果是广播电台，电波能传到很远的地方吗……”

广播电台的确能把电波传到很远的地方，但当时我不明白，泰里为什么要说这个呢？

第八章　江户川堤坝被蛇咬的布奇和从前边来的泰里

那天晚上，日野先生比平时回来得早一些。

一开始，他好像在书房的桌子上写什么，我、可多乐和泰里都回卧室了。

吃完晚饭后，见天色不早了，可多乐说：“刚吃完饭，我出去走走吧。”说完就出去了。

我说：“我也想去。”

没想到可多乐拒绝了我：“你明天还有重要的事要做呢。今天就好好在家休息吧。”

我的散步计划就这样泡汤了。

可多乐回来后，说了一句：“布奇这家伙还在睡觉呢。”然后躺在卧室的沙发上睡着了。我挨着泰里，也睡在沙发上。

第二天早上，我醒来后，却没有看到可多乐和泰里。

这时，从厨房里传来保姆老太太的声音，我进去一看，她正在给可多乐盛早饭。

我走到可多乐身边，问他："泰里呢？"

可多乐吃了一大口金枪鱼罐头，说："他天一亮就出去了。"

"他不会回市川了吧？"

听我这么说，可多乐回答道："不会的。他说睡不着，就出去散步了。还有，我刚才去了大恶魔那里，看见布奇已经醒了，就问他去了哪儿，做了什么。他说他去江户川的堤坝溜达了。我问他下巴的伤是怎么回事。他说是被蛇咬的。"

我问可多乐："你告诉布奇我要去奥户的事了吗？"

"没有。他要是知道你准备去，肯定也会跟着去。奥户的猫就会以为布奇带着你去报仇，这样一来，事态只会越来越复杂。所以，还不如一开始就照我说的去做呢。"

我也是这么想的。

我和可多乐从早上起就一脸严肃地说话，保姆老太太很担心我们，关切地问："你们怎么了？有什么心事吗？"

我尽量装作可爱地回应老太太，叫了一声："喵——"然后，吃了一口我的盘子里的金枪鱼罐头。

比我先吃完的可多乐坐在一旁等我，见我吃完最后一口，舔了舔嘴巴，才慢慢地说："鲁鲁，其实昨天晚上我去了公路对面，和那一带的一个叫布劳恩的猫老大打了招呼，说明天有一只叫鲁道夫的黑猫会过去，请他帮忙关照一下。我和布劳恩也算是多年的老朋友了，我们这里的猫去他那儿，或者他那边的猫来我这儿，只要不干坏事，我们都会装作没看见。况且，布劳恩也不想和我打架，只要和我友好相处，他就不用担心他地盘以东的地方了。你要去奥户，就得经过他的地盘，我已经提前和他打好招呼了。但问题是接下来……”

说到这儿，可多乐盯着我的眼睛，问：“鲁鲁，你知道一条叫新中川的河吧？”

我点了点头。

他接着说：“从这里到新中川都是布劳恩的地盘，再从那边到河的对岸就是奥户了。只是河对岸的猫老大经常换。听说前阵子有一只叫天狼星的猫好不容易占领了那一带，但不久又被一只白猫抢去了老大的宝座。布劳恩也不清楚那家伙的底细，只知道是一只白猫。虽然你只是想让打伤布奇的家伙道歉，但听说那只白猫好面子，想这么做可没那么容易。总之，一旦发生冲突，你就马上回来，知道吗？”

“知道了。”我回答道。

可多乐问我：“那你有什么计划吗？”

“没有。”我说。

可多乐认真地盯着我看了一会儿，然后自言自语地说：“算了。”

“我送你到公路那边吧。”

既然可多乐这么说，我决定先去布劳恩的地盘。然后，我们一起离开了日野先生家。

出门的时候，我还望了一眼小川先生家的院子，隔着栅栏，我看到了布奇的身影。他好像正一头扎进大恶魔的碗里，在吃大恶魔分给他的食物。

在穿过铁路，去往公路的途中，泰里从对面走了过来。他一看见我，就跑过来说：“鲁哥，我也想送送你，就一直在公路上等着。可是左等右等，却没看到你，我只好过来接你了。”

于是，可多乐和泰里一起送我穿过公路。

可多乐的地盘就到公路前边一点点，我平时最远也就走到公路这边。

我们穿过马路，在第二个十字路口旁，发现有一只棕色的大猫站在那里朝我们这边看。

这是我第一次见这只猫。

可多乐把嘴巴凑到我耳边，说：“他就是布劳恩。”

我们一起走到布劳恩身边。

布劳恩瞥了我一眼，问可多乐：“他就是鲁道夫吗？”

“嗯，是的，那就拜托你了。”可多乐说道。

“好了，走吧。”布劳恩说完，就带头走在前面。

我对可多乐和泰里说：“我会尽快回来的。”然后跟着布劳恩

走了。

从这里到新中川并不是很远。

根据人类命名的地名，从桥那里往前走一点就到了奥户地区。不过猫的地盘不是按照人类命名的地名划分的，布劳恩的地盘只到新中川那里。

一路上默不作声的布劳恩走到新中川桥的正中央，停下来对我说：“我只能把你送到这儿了。”

“谢谢你。”我也停下脚步，向他道谢。

布劳恩说：“我经常听说关于你的传闻。今天能见到你，我很高兴。以后经常来这里玩啊。你是从很远的地方来的，对付道伯曼狗应该不在话下吧。”

道伯曼狗是一种非常凶猛的大狗。

“没有，没有这回事……”我说道。

布劳恩说：“你路上要小心点儿。虽然我没有和道伯曼狗打过架，但我能想象，与一只道伯曼狗打架和与一群猫打架完全不一样。”

“是的。”说完，我一个人往前走去。

我回答“是的”，不就等于承认和道伯曼狗打过架了吗？我不由得担心起来。

过了新中川桥，到了河对岸，我回头一看，发现布劳恩还站在原地望着我。

于是，我下了坡，径直往前走。

第九章　突然出现的猫老大和一声叹息

过了新中川桥，我又往前走了几步，穿过交通繁忙的大街，突然感觉哪里不对劲。

这里一只猫的影子也没有。确切地说，这里没有猫。

我站在房子外的围墙或者屋顶上望向四周，却没有发现一只猫。

别说欺负布奇的坏家伙了，这里根本看不到一只猫。正当我犹豫着要不要爬得再高一些的时候，眼前却出现一个很大的公园，差不多有一座体育馆那么大。

这时，在离我不远的十字路口靠右的地方，出现了一只毛色黑白相间的大花猫。他正朝着公园的方向走去。

我连忙追了上去。

大花猫转过头，看到我后，开始快跑起来。

我好不容易才找到一只猫，说不定能通过他打听到一点线索呢。

我得赶快追上他。

大花猫也开始加速跑。

他跑得不是一般的快，像是在追赶什么，又像是在逃跑。可是，他前面什么都没有，并不像在追赶什么，看来他不想被我追上。

他到底做了什么亏心事？还是有什么不可告人的秘密呢？

我开始全力追他。

他逃到了公园里。

我也追了过去。

在靠近饮水处的地方，他突然停了下来，朝我这边看了看。

我也停下了脚步，慢慢靠近他。

这时，从我身后传来一个声音。

“小子，你胆子也太大了。就凭你单枪匹马，还想占领我的小岛？”

这是一只母猫的声音。

我回过头，发现公园的入口处站着一只毛很长的白猫，不知是纯种波斯猫还是混血波斯猫。

她说的“小岛”就是“地盘”的意思。

我准备告诉她我并不想占领她的地盘，便朝她走了过去。这时，一只只猫的身影从大树后面、花坛后面和饮水处后面冒出来。

我来不及数有多少只，估计最起码有二十多只。

看来那只大花猫是想把我引到这里。

这样也好，既然他们都在这里，我就不用逐一打听了。

但是，我没想到这里的猫老大竟然是一只母猫。而且他们潜伏在这里等我出现，估计早就知道我此行的目的。当我向大白猫靠近一步的时候，听到她说："你就是鲁道夫吧？竟然在这里出现了。听说连狗见到你都要仓皇而逃，可你不过是一个从别处来的小家伙嘛。"

这只大白猫不但知道我会来，还知道我的名字，让我大吃一惊，一时说不出话来。

大白猫继续说："你过河来我们这里，这一带可是我哥哥天狼星的地盘！他现在生病了，正住在属于你们的地盘的兽

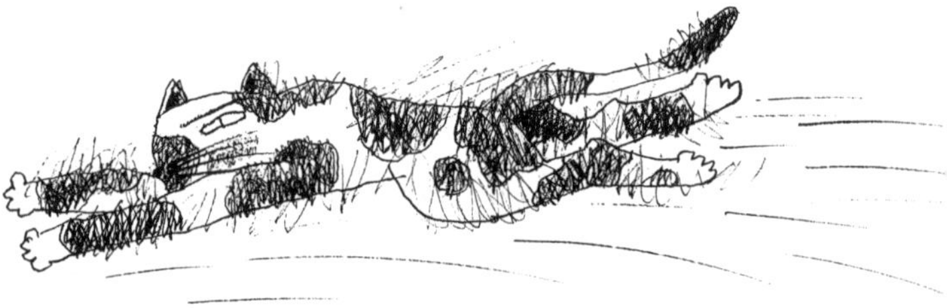

医家中。作为他的妹妹，我必须保护好我们的地盘。大家知道我在替哥哥保护地盘，多半会觉得我不过是个女的，他们可以趁机轻而易举地抢走地盘。所以这些坏蛋突然一个个地出现在这里，说些让我离开这里的话。但我不会让出天狼星的一寸地盘。”

我真不明白她到底是什么意思。虽然我听说天狼星是他们以前的猫老大，但却没想到这只大白猫抢了老大的宝座。况且，我不是来和她争夺地盘的，所以如果不赶紧解释清楚，会惹麻烦的。

于是，我马上向她解释道：“哦，我只是想向你们打听点事情……”

可是，那只大白猫立刻打断了我，大声呵斥道：“闭嘴！什么打听事情，还不是想让我让出地盘！告诉你吧，不可能！你可别小看我白雪。”

白雪？用英语说就是“snow white”啊。她的毛确实像雪一

样白……但此时我并没有心情赞扬她。

“不是，我不是来争地盘的……”我的话还没说完，又一次被白雪打断了。

“之前有个刺客突袭这里，害得我们的猫受伤了。后来，有一只猫前来交涉，让我们见识了他的胆量。但是，我们并没有妥协。于是，他召集自己地盘的猫，还叫来了市川、松户的猫，一拥而上，想强行夺取我们的地盘。那些猫就算没有三万只，至少也有三百只的几倍那么多。”

她说的“刺客”，应该就是布奇，而市川、松户的猫应该是泰里召唤的。虽说泰里是为了虚张声势，但有可能让白雪误会了。

正当我思考这场误会的起因时，就听见白雪说：“说实话，我听说这三万只猫里也有胆小鬼。但是，我们这里的猫都是以一当千，即使牺牲了，成为猫妖，也能和天狼星一起保卫地盘。虽然他们看似失败了，但其实并没有失败。听说双方并没有动手，让虎子后悔不已。”

接着，白雪讲了一件可怕的事。

“这附近有一个木材屋。引诱你来这里的就是住在木材屋的猫。他是天狼星的孩子，本想在这里把你打倒，然后用电锯割下你的脑袋，送到虎子那里，或者挂在新中川的桥上。如果你到傍晚还不来，我们就会和你彻底翻脸。你让我们等了这么久，

太可恶了！”

现在说什么也没有用了，白雪根本听不进去。但不管怎样，她不该用电锯割脑袋来吓唬我。

既然如此，我觉得当务之急是必须让对方听进去我的话。

回想起刚才白雪说的那些话，我觉得和她说话也不用客气。

“既然你想要我的脑袋，随时都可以，毕竟你早有准备。你应该听说过虎子吧。我叫鲁道夫，是虎子的兄弟，对他有万分恩情。既然我和他是兄弟，就做好了随时牺牲自己的准备。所以，你听着，如果你敢把我的脑袋挂在新中川的桥上，一小时后，你大哥天狼星就会被装进兽医家的笼子里。”

我确信天狼星就住在咪咪所在的兽医家里。虽然我不知道兽医负责的范围有多大，但我知道有很多人带着宠物去找他看病，甚至住在奥户的人都经常去他那里。正因为如此，拉奇才被住在奥户的人收养。

“不管怎么说……”白雪不禁倒吸了一口气。

我现在必须继续说下去。这时，我突然想到了一个好主意。但是，我必须依靠天狼星所在的家庭宠物医院的院长，也就是咪咪的主人兽医先生。如果没有家庭宠物医院的帮助，就不起任何作用。

我开始有点紧张了。其实，我从一开始就感到紧张。

“喂，白雪，你大哥住在家庭宠物医院！”

白雪突然很惊愕。

看来我猜中了。

“我是虎子的兄弟，可以在兽医那里自由出入。你可能认为我在骗你，但你应该知道，这里有一只被收养的猫叫拉奇吧。拉奇的妈妈就是兽医家养的猫。”

白雪迅速向大花猫使了个眼色。

于是，大花猫对旁边的虎斑猫说了什么。虎斑猫也回应了大花猫，然后朝白雪点了点头。

白雪问大花猫：“这么说，拉奇已经来这里了？”

“没有，他还是一只小猫，还没有搬过来，暂时住在最近受了重伤的马奇那里。”

听了大花猫的回答，白雪松了一口气，然后对我说：“如果天狼星出事了，我可不知道拉奇是什么下场哦！”

即使不去找，我也知道拉奇住在哪里。

我说：“拉奇是我们那里的兽医家的猫的孩子，现在却成了你们这里的孩子。你们敢对这样的猫下手吗？”

“什么？”白雪说了这么一句，就不吭声了。

我不留情面地继续说：“所以你们这么做根本就没有用。你们也不会把我的脑袋锯下来。”

白雪小声地嘟囔着：“我知道啊！”

她的话让我非常高兴。

或许，我真的用了连魔鬼都想不到的好办法，最终把问题解决了。

通过刚才的对话，我也知道了拉奇的去处。

正当我在思考这件事的时候，白雪低着头对我说："我知道，你是不会让我大哥天狼星死去的。我也做好了把这里的地盘交给虎子的准备。不过，我有一个条件，那就是你们不能伤害天狼星和住在这里的猫。如果你们同意这个条件，我就离开这里。"

"如果不是事情闹得那么大，布奇也不会受伤。只要对方向布奇道个歉，这件事就算过去了。至于地盘嘛，无所谓。"我说这些话的时候，感觉自己的语气有些变化。

"你说什么？"只见白雪把头抬了起来。

我赶紧说："当然，布奇也有他的不是，他也应该向你们道歉……"

白雪盯着我看了一会儿，突然大声呵斥站在旁边的大花猫。

"你这个笨蛋，怎么去跟虎子抢地盘呀？怎么对得住兄弟？你还信口开河，让大家都误会了，真让我们丢脸。"

大花猫缩了缩脖子，说："你说的是卖米家的莱斯啊。他已经逃跑了，早就不在这里了。"

白雪长长地叹了一口气。

这时，周围的猫越来越多。因为我被引到了这里，附近的猫也纷纷聚集到了这里。

我发现，无论是之前在这里的猫，还是后来到这里的猫，都在不停地叹气。

第十章　大家的意见和牛排派对

这件事尽管过程曲折，但总算圆满地解决了，这是大家共同努力的结果。

可多乐对布奇说："我就不说你什么了，你失踪了一个星期，没想到回来的时候还受了伤。你还骗我们，说在江户川堤上散步时被蛇咬了，害得鲁鲁的脑袋差点被电锯锯下来。"

布奇立刻反驳说："我在哪里和谁打架是我的自由。无论是输是赢，都是我自己的事情。虽然我住在你的地盘，但是没必要向你们一一汇报我的行踪吧。但是，既然我让大家担心了，我也应该好好反省一下，以后要注意。对不起大家了。"

泰里却学着荞麦面馆的三毛猫米奇的样子，开始胡说八道起来。

“要我说，为了争夺地盘，搞得大家打起来，是非常愚蠢的行为。如果我们之前制造舆论，不用大动干戈就能获胜。简单地说，我们可以假设大部队已经到达，通过让他们节节败退的方法，迫使他们投降。但白雪之所以向鲁哥投降，并不是因为我制造了舆论，而是因为鲁哥深明大义，用了连魔鬼都想不出来的好办法，才获得了胜利。虽说向住在医院里的猫动手违反了猫族的规则，但我们上演的这出好戏，最终使对方畏缩不前，说明作战策略非常正确。”

接下来，他对布奇说道：“布哥，这样称呼你不太好，还是叫你布奇先生吧。我知道，你是真的担心自己的孩子，所以才悄悄地去了奥户。我这样说，你可能有点不好意思。但你的行为最后还是影响到了大家。”

布奇立刻反驳道：“你叫谁布奇先生，这不是在讽刺我吗？你还不如叫我布哥呢。我不和你计较，我怎么对待我的孩子是我的自由。我也知道不能溺爱自己的儿子。因为无论他将来是宠物猫，还是流浪猫，都必须独自选择和面对，所以我最好对孩子尽可能地放手。即使如此，并不代表我撒手不管，有时也应该去看望他们。这次，我不就是因为去看拉奇才发生了这么多事嘛。”

然后，我又把马奇打伤布奇的经过告诉了大家。当然，这是从白雪那里听说的。

据说，马奇当时是这样说的：“隔壁的花店养了一只特别可爱的小猫。可是没过多久，来了一只非常奇怪的猫，到处打听那只小猫的下落。我们听说后，就准备对付这个家伙，正好在幼儿园的屋檐下发现了这只陌生的大花猫。我环顾四周，然后爬到屋顶上，大声对他说：‘我们从来都没有见过你啊。你是从哪里来的，到这儿来干什么？’这家伙非常不客气地回应我：‘快给我闭嘴，我到这里干什么是我的自由。难道你有什么意见吗？’还没等我说完‘我当然有意见了’，他就一跃而起，熟练地从背后勒住我的脖子。我正要挣脱的时候，这家伙的下巴也跟着撞了过来。我们俩对视了一会儿后，便厮打在一起。没想到后来都从屋顶上掉了下来。因为我在下面，所以是脑袋着地，好半天都无法动弹。而他是从我上面掉下来的，应该伤势不太严重。他掉下来后，马上逃跑了。现在回想起来，如果我们当时心平气和地说话，就不会打架了。这件事也怪我做得不对。”

听了白雪转述的事情经过，可多乐问布奇：“她说的没错吧？”

布奇说：“基本属实。现在想想，当时要是把拉奇的事先说出来就好了。我也是因为找拉奇找了好几天，身心疲惫，再加上心里着急，和他说话很不客气。我还好，伤得并不严重，可是马奇这家伙却因为我身负重伤，我应该抽时间去看看他。”

布奇受伤后，又找了几天，才终于在花店门口找到了正玩

得开心的拉奇。

看到布奇受伤，拉奇好像并不是很担心，连招呼都没打就回家了。

这些事情是我回去以后，在小川先生家的院子里听大家说的。

白雪把马奇说的事情经过转述给我，然后把我送到了新中川的桥上。

我和等候已久的可多乐、布劳恩会合后，大家决定一起去医院看望天狼星。就这样，三个地盘的猫老大一起去了兽医家的家庭宠物医院。

我们并不是顺路去家庭宠物医院。这里我还得说一下，以前我们去兽医家看病，并不会被装进关宠物的笼子。而这次去见天狼星，却看到他被装在宠物笼子里。

如何描述天狼星呢？可多乐说他是大花猫，但事实上他身上是灰色短毛，尾巴很长，个头儿比白雪还小一点。他和白雪长得一点也不像。或许他们俩一个长得像爸爸，一个长得像妈妈吧。

后来，一天晚上，我们在小川先生家里又举行了一场派对。布奇、咪咪也来了，泰里还带来了小拉奇。大恶魔把主人给他的牛排一块块地分给大家吃，和大家有说有笑的。

那天正好是大恶魔家吃牛排的日子，他自己却一口也没有

吃，全都分给了我们。

大恶魔听到大家你一言我一语的议论，说道：“因为我不是猫，所以你们说的我不是特别理解。但我感觉大家还在为上次的事情找借口。这个暂且不说了，我觉得我们中间最潇洒的应该是白雪，对不对？”

泰里听了大恶魔的发言，不停地点着头，然后说：“通过造谣来威胁别人，何况人家还是女生，这样本身就不对。再说，女生本来就比男生要坚强……”

白雪听着大家的话，并没有立刻发表意见。即使被大恶魔夸奖，她也只是说了一句：“没什么啊！”

然后，她话锋一转：“要说真正潇洒的，要数单枪匹马的鲁道夫。那个时候的鲁鲁啊，真帅啊……”

刚才语气一直很温柔的白雪，突然压低声音，摆出一副可怕的样子说：“你应该听说过虎子吧。我叫鲁道夫，是虎子的兄弟，对他有万分恩情。既然我和他是兄弟，就做好了随时牺牲自己的准备。”

她把我当时说的话原原本本地复述了一遍。

我们脸上都有毛，而且因为我全身漆黑，别人很难看清我的脸色。但是，如果看得见的话，我想，当时我的脸一定涨得通红。

就这样，我从奥户回来的时候，布奇已经住进了日野先生家。他全身毛发光亮，显然是保姆老太太帮他细心清洗、护理过。保姆老太太还从兽医那里拿来了名贵猫咪专用的高级护发品试用装，让他备受折磨。

第十一章　不像母子的两只猫和到访的咪咪

虽然大家的地盘都离得不远，应该彼此见过面，但如果各自的地盘不接壤，也可能没有见面的机会。比如白雪，她从来没有来过江户川。所以，这次和我们见面后，她决定住在日野先生家。

但是，白雪没有回家，让住在奥户的猫们很不放心。布奇很想向跟他交过手的马奇道歉，而布劳恩也觉得，为了表现出和好的诚意，最好到那里去做一个护工，确切地说是护猫，而且越早去越好。所以大恶魔家的派对结束后，他们俩一起朝白雪的地盘出发了。

深夜才回到家的日野先生坐在客厅的沙发上，发现家里多了一只白色的长毛猫。虽然他看上去并不十分意外，却用疑惑的表情开玩笑似地问我："这是 crow 的妈妈吗？"

日野先生真是名副其实的爱猫人士，可以不看身材，就能准确地判断出猫的性别。

白雪的个头儿确实不小，甚至比我还大。她的毛又白又长，而我的毛却又黑又短。总之，我和她一点也不像，估计不了解猫的人会觉得我们是完全不同的两种动物。

我对可多乐说："我们看上去并不像母子啊……"

但可多乐却反驳道："青蛙和蝌蚪单看外表的话，谁能想到是母子？"

这时，白雪插话了："你太讨厌了。我有那么老吗？孩子都这么大了？"

可多乐赶忙摇了摇头。

"不可能，不可能。怎么看都像鲁道夫是爸爸，你是女儿。"

真的是这样吗？

我正在琢磨这个问题，白雪却眯着眼睛说："是啊……"

我只好把要说的话咽回肚子里。

夜深了，布奇才回到日野先生家。

"我和马奇已经和好了，而且我还见到拉奇了。"

那天，布奇也住在日野先生家。

第二天早上，可多乐和白雪一起去了江户川堤坝。

布奇说了句："我想去帝释天。"然后就出发了。

我猜他其实是想去看曲奇。

“我也要去。”

泰里也想跟着布奇去，看来他和布奇已经和好了。

家里只有我一个人，吃过早饭后，我就去了大恶魔家。

“大恶魔，早上好。谢谢你昨天请我们吃牛排。”

正把脸贴在地上睡觉的大恶魔听到声音，抬起头看了看我，问：“就你一个人吗？”

“嗯，大家都出去了。”我一边说，一边在大恶魔旁边坐了下来。

大恶魔伸长脖子，朝围墙四周看了看，说：“那只叫白雪的猫，真厉害啊！”

“她个头儿真大。”

听我这么说，大恶魔一边说：“她不光个头儿大，还很干净整洁。”一边站起身来，用后脚挠了挠脑袋。

“她的前腿比你粗好几倍，而且身上都是肌肉。如果她从旁边打一拳，再用爪子抓一把，一般的猫肯定会马上丧失斗志。啊，太可怕了，太可怕了！”

“如果对方说话气势汹汹，就更可怕了。”

“怎么可怕？”

“我要用木材屋的电锯把你的脑袋锯下来。”

“啊，好可怕啊！”

虽然大恶魔一个劲儿地在说笑，但我想起当时的情景，一点也笑不出来。

我和大恶魔只顾着望着水池里的金鱼聊天，时间过得很快，已经快到中午了。

突然，在小川先生家的水泥墙上，有一个灰色的影子在移动。我定睛一看，原来是咪咪。

咪咪也注意到了我，从墙上跳到院子里，朝我走过来，问：“鲁鲁，你看见小樱桃了吗？”

她的语气夹杂着几分不安，我顿时感觉自己的心也扑通扑通地跳个不停。

“小樱桃？我没看见她啊。她去哪里了？”

“咦？吃过早饭后，我就再也没见到她啊！”

“吃过早饭后……”我说着，抬头看了一下天空。

现在太阳还没有升到正南方。兽医一般是上午九点前到家庭宠物医院，为猫准备早餐。看来小樱桃已经失踪三个小时了。

咪咪说：“她不是那种喜欢在外面疯跑的孩子，我很担心她！”

小樱桃确实很少到兽医家的院子外面玩。

“附近你都找过了吗？”我问咪咪。

“当然了。”她说着，看了看我。

看到她的眼神里流露出深深的不安，我也更加担心了。

“那我去那边找找看。”

我说着就走上前去，跳过小川先生家的围墙，来到马路上。我先来到兽医家，看看小樱桃回来没有。然后，我以院子为中心转着圈儿跑，把附近的屋顶、围墙以及马路都找了个遍。

当然，一路上我还大声叫着小樱桃的名字。

我找了整整一小时，还是没有找到她。

我只好又回到兽医家的院子里。这时，咪咪也回来了，问我：

“小樱桃找到了吗？”

我摇了摇头。

“她到底去哪里了？你有线索吗？”

我很想说有线索，但我知道，咪咪肯定到处都找遍了。这时，从兽医家的后门那里传来了布奇的声音。

“泰哥，你在捉鸽子前必须先弯下腰……”

伴随着说话声，布奇和泰里从兽医家的房子后面探出头来。

我一听布奇叫泰里“泰哥”，就知道他们已经和好如初了。但是，小樱桃还没有找到，怎么办啊？

我有点生气了，他们竟然在这个时候还若无其事地谈论怎么捉鸽子。当然，不只是我生气，咪咪也一样。

咪咪跑到他们跟前，生气地问：“你们俩跑到哪里去了？”

“我们去了帝释天，顺便去了一下曲奇的……”

还没等布奇把话说完，泰里赶紧打断他，说：“不是呀，布哥，我们是为了去看曲奇，顺便去了帝释天……”

咪咪不等泰里说完，就已经发脾气了。

“有什么区别吗？一样的事啊！”

面对气势汹汹的咪咪，布奇赶快向后退了两三步。

“你急什么呀？”

我跑到布奇跟前，对他说：“布奇，小樱桃不见了。”

布奇看了看我，问：“不见了？”

“是的，早饭过后就一直没有见到她。”

“没有见到她？到底是怎么回事？”

听布奇这么一问，咪咪更加烦躁了，大声地说：“就是不见了呀！”

“这个我知道，但我想知道为什么啊！”

“我哪里知道啊！”

见咪咪越来越烦躁，布奇说：“你这样也解决不了问题。既然小樱桃不见了，就应该赶快去找啊。”

“是啊，咱们赶紧找吧。如果小樱桃回到这里，大家都不在，她也会特别着急。所以，咪咪，不如你就在这里等着，我们出去找找吧。”

泰里说着，看了看我和布奇。

“喂，鲁哥，你觉得这样行吗？”

“没问题，就这么办。”

布奇同意泰里的建议后，我立刻说：“这附近我已经找过了。我们还是去更远一点的地方找找吧。”

“这样吧，鲁鲁，你去江户川那边看看。”

泰里听了布奇的安排，说：“这样恐怕不行。你还是去车站那边吧。如果你在车站附近没找到，就去铁路对面再找找，我去商店街找。”

“好的！”

还没等泰里点头，布奇就跑起来，跳上了水泥围墙。我和泰里跟在他身后，朝着兽医家的玄关方向出发了。

就这样，我们兵分三路，开始寻找小樱桃。

第十二章　秋天的落日和大恶魔的判断

一路上，我呼喊着小樱桃的名字，朝江户川的方向走去。

我来到江户川堤坝，放眼望去，可以清楚地看见河道，却没有发现小樱桃的影子。在水闸附近，我发现了可多乐和白雪。

我跑到他们跟前，上气不接下气地说："可，可，可多乐，早，早上……从早上起就没见到小樱桃。你们见过她吗？"

"没看见啊！"

白雪疑惑地问可多乐："小樱桃是……"

"她是咪咪和布奇的孩子，是和拉奇一起出生的，是三个孩子中的一个。"

"小樱桃，听名字好像是个女孩啊。"白雪看上去有点担心。

"这么说，你来这里是为了找她？"可多乐问道。

“不光是我，布奇和泰里也都出来了，正到处寻找小樱桃呢。”

“那我们先回兽医家吧。说不定她已经回来了。”

“是啊，这样最好。”

白雪点点头，可多乐已经跑在前面了。

白雪跟在可多乐的后面。

我跟在他们后面。

但是，我们回到兽医家，小樱桃仍然没有回来。

咪咪对我说：“刚才泰里回来了，说再去找找看。布奇一直没回来。”

她又看了看白雪。

白雪问咪咪：“小樱桃是你的孩子？毛发颜色是……”

我替咪咪回答说：“她和布奇长得很像，当然个头儿要比布奇小很多，和拉奇差不多大。”

白雪建议道：“那咱们分头再找找吧。”

可多乐却表示反对。

“先等一下，我们不能没头绪地瞎找。”说着，他抬头看了看天空。

秋天的太阳，很快就会下山。而此时，太阳已经西斜。

可多乐小声地对咪咪说：“要不我去看看吧。”

“咪咪，你有没有小樱桃平时用过的东西？玩具之类的就行。”

“玩具，我倒是有一个小沙包……”

可多乐对咪咪的回答十分满意，说：“就它吧。”然后接着说：“我不知道是否赶得上，你把沙包放在玄关门口后，就赶快回来。然后咱们哪儿都不要去，就在马路上等着。”

可多乐说完，就跑了出去。只见他跳过水泥墙，不一会儿就跑远了。

见白雪歪着脑袋，咪咪说：“不知道他去哪里了。”

“他说赶得上，也不知道是赶得上什么。”

我琢磨着可多乐的计划。但是，在大家充满期待的时候，这样说可能会让大家很失望。所以，我没有把这句话说出来。

咪咪说：“虽然我不知道他是什么意思，但我还是照他说的做，先把小樱桃的沙包放到玄关那里吧。”她说着，就从我们的专用小门钻了出去，跑到了兽医家。

我和白雪也按照可多乐说的，站在外面的马路上。

然后，咪咪拿着一个红色的沙包出来了。

我们没有说话，静静地等待可多乐回来。

大家等了多长时间呢？我想应该有十分钟或者一刻钟吧。但我感觉像一个小时那样漫长。

不一会儿，从大门对面传来一个女人的声音。

“等一下，魔魔，不是这里。我们是去那边散步啊。魔魔，等一下，等等，魔魔。”

我们很快在马路对面见到了大恶魔的身影。

他拖着拴在脖子上的狗链，朝我们这边跑了过来。

而在他的后面，与他还有一段距离的应该是小川太太。只见她一边喘着气，一边跑过来。

大恶魔来到兽医家的玄关前，看着放在那里的小樱桃的沙包，问："是这个吗？"

"是啊！"咪咪点了点头。

大恶魔把鼻子靠近沙包，仔细地闻了又闻。然后，他把鼻尖贴近马路边，一边走一边闻。过了一会儿，他突然说："对，

是这里。”然后，他朝着商店街的方向跑去。

可多乐对咪咪说：“你就在这里等着小樱桃回来吧。”然后他跟在大恶魔后面跑。

白雪更是一脸疑惑地说：“咦，什么？”然后也跟着可多乐跑了起来。

这和我的猜测是一样的。

可多乐所说的赶得上，其实就是赶得上大恶魔散步的时间。

大恶魔想要外出，只能跟着主人一起散步。

所以，只有在这个时候拜托大恶魔，闻一闻小樱桃用过的

东西的气味，才能迎着小樱桃离开的方向寻找。

“魔魔，这里，魔魔……”小川太太一直跟在后面跑。

我也跟在白雪后面跑。

我跑了一会儿，已经看不见小川太太的身影了，但依然可以听到她在远处喊着：“魔魔，魔魔！”

大恶魔跑着跑着，会突然停下来，闻一闻周围的味道，然后继续跑。

白雪观察着大恶魔的一举一动，若有所悟地自言自语：“啊，是这样啊！”

大恶魔又开始向前跑，我和可多乐就跟在他后面跑。最后，大恶魔在布奇以前住过的五金店，也就是现在经营中国料理的香港饭店前停了下来，好像在闻停车场的味道。

他朝左走了几步，又朝右走了几步，然后来到饭店门口，使劲地闻了又闻，终于在停车场的白线处停了下来，说：“小樱桃的气味到这里就消失了。”

那是一个可以停放四辆车的停车场，最左侧画着一条间隔其他车辆的白线。

虽然猫的鼻子不如狗灵敏，但是只要把鼻子靠近白线闻一闻，似乎也能闻到小樱桃留下的气味。我也在努力寻找小樱桃脱落的毛发，但并没有找到。

“她会不会在餐厅里呢？”

听我这么一说，大恶魔又闻了闻餐厅门口，然后回到白线那里，非常肯定地说：“她没有去餐厅。没错，她的气味到这里就消失了。”

第十三章　三个理由和小樱桃心中的英雄

我们几只猫和一只狗静静地站在香港饭店的停车场，都沉默不语。

过了一会儿，从远处传来了小川太太的声音。

“魔魔，魔魔，魔魔！”

大恶魔望着声音传来的方向，说：“真不好意思，对不住大家了。我能做的只有这么多了。”

可多乐说：“有什么对不住的？我们应该感谢你才对啊！”

这时，大恶魔冲着声音传来的方向叫着：“汪汪……”然后就跑走了。

第二天，日野先生家的保姆老太太在客厅看完一部重播的类似刑侦片的电视剧后，就回家了。我有时也会和她一起看这台超级大的电视。

这么说也许有损老太太的形象。但她不会因为看电视而耽误工作，一般都是干完所有的活儿，才看一会儿电视。日野先生知道后，还特意为她买了一台大屏幕电视。

在这部电视剧中，有一种叫作德国牧羊犬的警犬。他会来到犯罪现场，根据犯人的气味进行搜查。其实，大恶魔用的是同样的方法。警犬会根据气味来跟踪犯人的逃跑路线，有时候，一旦气味中断,就说明犯人从这个地方坐车逃跑了。这么说的话，难道小樱桃也是……

“那她是不是回去了呢？”可多乐说着，向外面走去。我和白雪紧随其后。

当我们来到兽医家的院子时，布奇和泰里已经回来了。

“怎么样了？”

面对咪咪的提问，可多乐回答说：“没有好消息。也许小樱桃被车拉走了。”

然后，他把小樱桃的气味在香港饭店停车场门口消失的事情告诉了咪咪。

“她不会是被坏人带走了吧？”

望着因惊慌而说话有些颤抖的咪咪，可多乐说：“不知道啊。即使她是被人带走的，也是她自己从这儿走到香港饭店的啊。要不怎么会在马路上闻到她的气味呢？”

我同意可多乐的说法。

也许是小樱桃自己跑出去的，而且还跑到了香港饭店。

但问题是，为什么小樱桃会从停车场坐车离开呢？

我说："如果小樱桃是被强行带走的，应该会有一些蛛丝马迹，比如在停车场能找到一些她的毛发之类的东西。但是我仔细找了半天，却什么也没有发现。所以，说不定是小樱桃自己坐车走的。"

泰里对此表示反对。

"她自己怎么会坐车走呢？小樱桃可不是随便在外面疯玩的孩子呀。兽医家也有汽车，汽车是什么东西，她应该知道。只要坐上去，车子一开动，就会被带到很远的地方，她不是不知道这些啊。"

可多乐看了我一眼，说："不也有不得不坐上车，被带到一个陌生地方的先例嘛。"

可多乐说的，正是我在岐阜被鱼店老板追赶，跳上大货车来到东京的事情。

我接过话说："的确如此。是不是小樱桃也偷吃人家什么东西了？如果她去商店街鱼店大哥那里，说不定人家还会送给她吃的呢。"

我一直认为，我偷吃柳叶鱼的那家鱼店的老板是个魔鬼。而这里的商店街的鱼店大哥却是个天使。可以想象，他们之间的差别有多大。

“即便如此，我还是觉得是小樱桃自己跑走的。而且只是今天，突然就……”

泰里还没有说完，就被一直都没有说话的白雪打断了。

“你说突然走掉，也有这种可能性。你是男生，可能并不明白女生的心思。我们有可能就在某一瞬间，内心深处突然像花蕾绽放一样，一下子成熟起来。所以以前从没做过的事情，突然就想尝试一下。”

“哦？还会这样啊！”

泰里说着，看了一眼白雪。布奇也一直盯着白雪看。

然后，布奇小声地叹了一口气。

“我也认为小樱桃不是被人带走的，而是自己跑到停车场，坐车走的。”

“你为什么这么想？是不是发现了什么线索？”

面对泰里的质疑，布奇轻轻点了点头。

“她出去有两个理由。而且，其中一个理由正好说明她是坐车走的。”

“理由？什么理由？”可多乐用严厉的口吻问道。但他马上意识到，这样就像在逼迫布奇，所以马上放低了声音，口气和缓了一些，说：“布奇，是什么理由啊？”

“我是在小樱桃一个人玩耍的时候过来看她的。当时我跳上马路边的围墙往院子里看，看见只有她一个人，便跳下来跟她说话。但真没想到现在却……”布奇的话说了一半，没有继续往下说。

可多乐却催促他说下去：“真没想到什么？你继续说啊。”

布奇说道：“我告诉她我是五金店养的猫，从这里走，马路通向哪里，还说了我和大家的事。她去香港饭店，一定以为那里以前是五金店，所以我很有可能还住在那里。”

白雪微微叹了一口气，然后小声嘟囔了一句：“她很想知道爸爸去哪里了吧。”

布奇继续说：“还有一个原因。我从香港饭店给她带过烧卖。她特别高兴地问我：‘这是从哪里带来的？’我当时回答她说，是香港饭店。”

“看来情况确实如此啊。她也想自己去找找吧……”泰里歪着脑袋说。

“那她为什么还要坐车走呢？”白雪有些疑惑地问道。

“是啊，虽然我们能猜到她去香港饭店的理由，但是她为什么要坐车，就不知道了。”

“就像刚才说的，我告诉她我们的事情。所以，鲁鲁……”

一听到布奇叫我的名字，我立刻紧张起来。

布奇继续说了下去。

“我和她说起鲁鲁是坐大货车从岐阜县来到这里的。当时她

扑闪着大眼睛，一个劲儿地问我：‘然后呢？然后呢？’我就把在运输公司的停车场上，当时的鲁鲁气势汹汹地对虎子说的那些话……”

布奇说到这里，又把我引入话题中。

“等等，布奇，你怎么知道这件事的？”

“怎么知道？还不是……”布奇有些吞吞吐吐，还向可多乐使了个眼色。

可多乐和我的目光在空中交汇，然后也说：“布奇怎么知道这件事的并不重要。我只想知道，小樱桃听了这些话之后会有什么想法。”

可多乐非常希望白雪能认同自己的想法。

“是啊，有什么想法呢？”

“我觉得她肯定觉得鲁道夫实在是太帅了。当然，他本来就挺帅的。”

我现在回想起第一次碰到可多乐的时候，自己心里有多恐惧，简直手足无措，根本不可能像他们说的那么帅。

我还没来得及说“我可没有……”，咪咪就插话了：“可不是嘛。鲁鲁就是小樱桃心中的英雄。昨天晚上，她还问我鲁道夫叔叔一个人去了哪儿，做了些什么。我向她讲这些事情的时候，她睁大眼睛，听得别提有多认真了。”

可多乐说：“这孩子十有八九是模仿鲁道夫，一个人坐车走了。”

“照这么说，小樱桃失踪都是因为我啊！”我情绪有点激动。

可多乐说：“没人这么说啊！”

咪咪也说：“哪有这回事啊！”

白雪盯着我的脸，说：“咦？鲁道夫小时候敢和虎子对抗啊，一般孩子可做不到这一点。这就是所谓的‘檀香两叶芳’吧！听说他无论是说话，还是做事，都很不错啊！”

白雪刚才说的应该也是句谚语吧。但具体是什么意思，我不知道。此刻，我也不太想问。

布奇低着头，沮丧地说：“要怪就怪我。如果我不给她讲这些就好了。”

泰里摆出一副奇怪的表情听大家说话。等大家都沉默下来，他突然说了句：“但还是……”

于是，大家的目光齐刷刷地集中在他身上。

“现在，我觉得鲁哥必须要做一些事。不管怎么说，鲁哥是小樱桃心中的英雄。小樱桃已经迷路了，在她无助的时候，也许只有鲁哥才能帮她。我是这么认为的。”

大家又齐刷刷地朝我看过来。

“鲁鲁，拜托你帮我们找找小樱桃吧。”

对我来说，这简直太难了。因为我也不知道小樱桃是坐什么车子走的……

虽然我心里这样想，但是无论如何也不能说这样的话。

我只能说：“好吧。但是我不敢保证一定能找到小樱桃，我会尽力去找的。她的气味在停车场就消失了。也就是说，也许从现在开始，很难再找到线索了……”

第十四章　停车场的发现和仙鹤的一句话

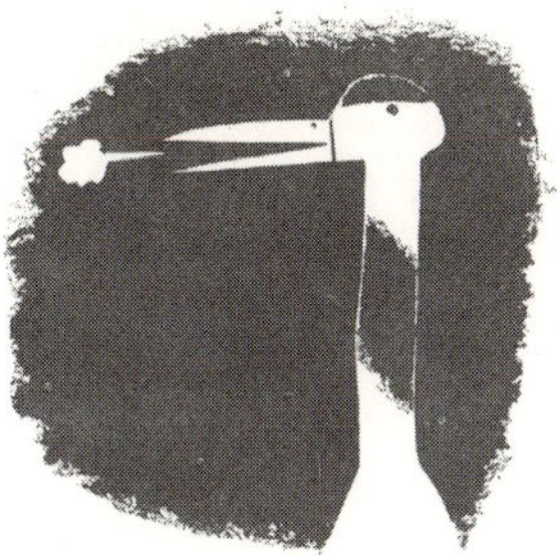

夜幕降临，我一个人朝着香港饭店走去。

在香港饭店门口，停着四辆汽车。我在饭店周围绕了一圈，还是没有发现任何线索。

这天晚上，布奇住在了兽医家。

白雪去了日野先生家。

夜深了，我跑去找泰里。

“泰里，你说小樱桃认识字吗？”

泰里回答说：“可能还不会吧。虽然我在地上教过她平假名和数字，但我不知道她学会了没有。”

第二天一大早，我又去了一趟香港饭店。

这和我看的刑侦电视剧里的情节非常像，可以用“百次现场”

这句谚语来形容，意思是说反复考察现场，不放过一点蛛丝马迹。

而最重要的是，我想确认小樱桃失踪的时候，有哪些车停在停车场。

在饭店关门前，停车场的四个车位上还停着三辆车。而在最左侧，停着一辆白色的面包车，这辆车的后备箱门敞开着。

我记得这辆车。上次我来要烧卖的时候，这辆车就停在这里。而且那一次，车的后备箱门也敞开着。

我来到这辆面包车的旁边，仔细地看了又看。

这辆车的车牌是横滨的车牌。后面的车门可以滑动，而且还敞开着。

我围着这辆车转了半圈，看到在副驾驶的旁边，写着“香港饭店横滨总店”的黑色字样，下面还写着“特色烧卖”几个红色的小字。

我又转了半圈，回到敞开的车门前，往下看了看。

是啊……

我明白了。这辆车应该每天早上都会来这家饭店。

它应该是用来运送烧卖、春卷等食材的。而且，每次店员把车上的东西搬到店里的时候，车门就会敞开。从小樱桃失踪的时间来看，她肯定是坐这辆车走的。而且，我还发现了一个证据，那就是敞开的车门的正下方，正好就是停车场的白色划线处，那里是小樱桃的气味消失的地方。

虽然猫的嗅觉没有狗灵敏，但是如果长时间待在一个地方，也会熟悉彼此的气味。

我朝餐厅的方向望了望，确认周围没有人后，立刻跳上那辆面包车的后备箱。

这里混杂着烧卖的味道，或许是心理作用，我好像还闻到了小樱桃的气味。我的鼻尖几乎贴在车箱上，仔细地闻了又闻。为了找到小樱桃，任何蛛丝马迹都不能放过。

找到了！

在驾驶座的靠背正下方，我发现了一根白色的猫毛。现在可以肯定，小樱桃坐的就是这辆车。

这时，从香港饭店里传来一个人说话的声音。

“我明天需要多拿一箱烧卖。”

“我知道了。”

那个人一边说话，一边走了过来。

我不知道如何是好。

应该待在车上呢，还是回去一趟，和大家商量一下，再做准备呢？

突然，我的脑海中浮现出日野先生的书。

日野先生现在在美国经营一家日本餐馆，还在东京开了分店。所以，他应该有很多介绍餐馆的书。

我是尽快行动，还是先等一天，查查各方面的资料呢？

不过，想到小樱桃就算饿两三天，也不会有生命危险，我从车的后备箱门跳了下去。

这辆车的司机回来了。他往后备箱里放了三个空纸箱，就关上了门。然后他又拉上滑动门，打开了驾驶室的车门。

他坐进驾驶室，关上了车门，准备出发。

咕噜噜，咕噜噜——这辆车发出的声音并不大。

只见这辆车往后倒了一下，就开到了马路上，然后掉头朝远处开走了。

我的大脑迅速运转着，想整理一下自己的思路。

那个人说："我明天需要多拿一箱烧卖。"这说明这辆车明天还会来。或许也是同样的时间出现在这里。这么说，我还有一天时间。

我可以利用这段时间，和大家讨论一下接下来的行动，或者查阅日野先生的书。

我决定现在就去神社。

从昨天开始，我一直在思考一件事。那就是白雪所说的"檀香两叶芳"的意思。

我来到神社地板下面，翻开藏在里面的《口袋版谚语词典》，并按照五十音图的顺序进行检索。

在"tán"这一段的最后，我找到了这句谚语，并翻到了相应的页码……

"'檀香两叶芳'是指要想在长大后成为杰出人物，从小就必须有与众不同的表现。而檀香是一种香木，它从刚发芽时的两片叶子开始，就早早地散发出香气。"

"嗯，是这么回事啊！"我自言自语道，

然后合上了书。

“不过也有大器晚成的说法啊……”我又嘀咕了一句，从地板下面走了出来。

我回到日野先生家。这时，我听到从隔壁院子里传来可多乐的声音，便跑出去看了看。

在大恶魔的狗窝前，我看见了大恶魔、可多乐，还有泰里和布奇。而白雪则站在狗窝顶上。

我来到他们跟前，把在香港饭店停车场的发现告诉了他们，然后说：“总之，我每天都会钻到车上，看看这辆车到底要去哪里。这辆车的车牌上写着‘横滨’，而且还写着‘香港饭店横滨总店’，说明它要去的地方肯定就是横滨。”

这时，泰里说：“但是，谁知道半路上车子会不会去别的地方啊？而所谓的香港饭店横滨总店，是不是在其他地方也有分店呢？”

“我回去查查日野先生的书，看看香港饭店有没有其他分店。即使有分店，司机也会一家家送完食材，再开回横滨。但小樱桃会在哪里下车就不清楚了，这个比较麻烦。”

听我这么一说，布奇说：“小樱桃下车的地方一定会有大的停车场，因为只有在那里车子才能熄火。”

泰里马上反驳道：“你这样说的理由是什么？车子也有可能停在小分店附近的停车场，司机利用不熄火的工夫迅速把东西搬到店里。小樱桃说不定会在这个时候下车。”

布奇摇了摇头，说：“不会的。那孩子肯定是为了模仿鲁鲁。鲁鲁来这里的时候，大货车也在中途停了好几次，但他最后还不是在车子到达停车场，熄火后才下车的吗？”

布奇说话的时候，一直看着我。

“是吧，鲁鲁？”

我以前确实跟布奇讲过我的故事。我一边想着布奇居然全都记得，一边冲他点了点头。

“是这样，但是……”

布奇说：“所以小樱桃一定做了同样的事情。”

“既然这样，事情就简单多了。明天，我就和鲁鲁一起坐他们的车去横滨吧。”

说话的是可多乐。

布奇听了，紧接着说：“我也去。”

泰里也说：“我也去。”

“既然这样，去的猫越多越好。我们回到市川，可以召集更多的猫来。我们可以去找布拉多和恰克两位哥哥，只要他们一声令下，市川、松户的三千只猫……”

白雪站在狗窝顶上说：“你能让三千只猫都坐进一辆面包车吗？”

“也对啊，那就我和虎哥、泰哥、布哥……”

泰里的话还没说完，白雪就从狗窝顶上跳了下来，说道："你知道那辆面包车能坐几只猫吗？我对这种车子可不感兴趣。这种车子是为全家人出行设计的，叫作家用车。孩子多的夫妻有时还会再带上家里的老人，可以在周末开车去房总、三浦半岛这些地方兜兜风。虽然这种车子看上去很大，载重量却很小。不算司机的话，最多也就能搭载鲁鲁和另外一只猫。"

"如果还能装下另一只猫，那就是我。横滨说不定还有黑社会、黑手党之类的猫。甚至还有穿红色鞋子的女人把人拉到偏僻的马路上。如果我碰到这些家伙，一定会把他们打趴下。坐车的话，我只想坐奔驰或其他品牌的高级车。"

真没想到，可多乐竟然说出这样没有教养的话。顺便说一句，日野先生的车就是奔驰车。可多乐经常说他只坐奔驰车。

布奇坚决反对："那可不行，虎子。出了这么大的事，都怪我，无论如何，我这个当爸爸的最应该去。"

泰里也想去。

"不行，到时候你们说不定会认错孩子，我必须去。"

可多乐一脸认真地说："你别说傻话了。你们还号称自己能战胜横滨黑手党猫老大，说不定到时候机关枪就朝你们扫射过来了。"

布奇立刻反驳他："不管是横滨的什么黑手党，猫是不会发射机关枪的。我一个人去就行了。万一遇到什么事情，你们在这里还能想出一些连魔鬼都想不出来的好办法，是吧，鲁鲁？”

这时，泰里又插话了：“这个时候你去不合适。一般遇到孩子离家出走这种情况，你这个做爸爸的肯定会劈头盖脸地教训小樱桃：‘你太不听话了，怎么跑到这么远的地方……’”

“确实像泰里说的，你最好不要去。还是让我和虎哥去吧。”

“不行，虎哥平时和小樱桃接触得少。如果他去，估计小樱桃会害怕，说不定还会藏起来。”

“也是。虎子个头儿太大，可能面包车都容不下他。”

“不管怎么说，布奇，你……”

就在可多乐极力反对布奇的时候，白雪突然大喊了一声：“大家住嘴！”

我们都不说话了，齐刷刷地把目光投向白雪。

白雪挨个儿看了看我们的脸，说：“和你们这些男生相比，作为女生，我更了解小樱桃想去哪儿。所以，还是让我和鲁鲁一起去吧。大家就把这件事交给我们吧。”

啊！这样一来，和我一起去的就是白雪了。

这就是所谓的“鹤鸣一声，压倒一片”吧。

第十五章 《横滨中餐馆指南》和保姆老太太

在日野先生的书房的书架上，摆着一本叫作《横滨中餐馆指南》的书，它放的位置比较低，在从下往上数的第二层。日野先生一般会把比较重要的书放在装有玻璃门的较高的地方，不太重要的书放在没有玻璃门的较低的地方。

所以，我会通过日野先生把书放在哪里，在哪里读，来判断哪些书对他来说是重要的，哪些是不重要的。从玻璃门里拿出来的书，他肯定会拿到书房的桌子上读，而且读完以后肯定会放回原处。而从没有装玻璃门的书架上拿出来的书，他会坐在休息用的扶手椅子上读，有时还会躺在椅子上，把书扣在脸上，打个盹儿。

虽然日野先生教过可多乐认字，但他还是不太相信可多乐能读书。我们能从书架上把书抽出来，却不能放回去，所以每次读过的书都直接放在地上。日野先生经常一边捡起掉在地上的书，一边自言自语地说一些“说不定虎子这家伙真会读书啊”之类的话。

我在《横滨中餐馆指南》这本书里还真找到了香港饭店这家餐馆。而且，我还查到横滨还有几家香港饭店。其中一家就在著名的中华街附近，横滨海滨瞭望塔旁边。书上说那里的烧卖味道不错。

但是，仅仅因为这些就断定是这家店，肯定不行。但是，书上说这家餐馆最近会在东京开第一家分店，由此可以推断就是这家了。

香港饭店是以前布奇家的五金店改建的，最近才刚刚开业。我想，这本书出版的时候，这家店还没有开业吧。

如果书中提到的那家分店就是五金店改建的，就太好了。我之所以这么说，是因为这是第一家分店，很容易让人以为其他地方没有分店。这样的话，那辆面包车半路上不会停，而是会直接开回总店。所以，小樱桃在总店附近的可能性非常大。

听了我的分析，泰里却说：“我怎么不太记得那辆面包车呢。上次去吃烧卖的时候，我觉得停车场的那辆白色面包车看起来一点也不新呀。”

这本书里提到的香港饭店的分店到底是不是五金店改建的

那家店，好像并不重要。

“那辆车确实不太新，这又有什么关系呢？”我说。

泰里回答道：“那辆车上的画是横着画的吧？香港饭店横滨总店是那个样子的吧？”

“是又怎么样？”

“从车的新旧程度来看，他们买车的时候，第一家分店应该还没有开业，所以只有一家店，就要特意画在车上。”

听了泰里的话，我有点失望：“哦，原来如此。”

可多乐也说了些无关紧要的话。

“泰里，你知道车站对面那家曙光寿司店吗？”

“知道啊，因为日野先生有时会叫他们家的外卖。”

“那你知道他家的一次性筷子的包装袋上写了什么吗？”

“包装袋上面好像还真写了些什么，只是我还不太会认汉字，所以看不懂。那上面到底写了什么呀？”

“写的是‘曙光寿司总店’。所谓总店，就是负责管理许多分店的店。怎么样，很厉害吧？”

“哇，那个曙光寿司店好厉害呀！为什么这种店会远离东京，不开在银座之类的地方呢？”

“千叶县的猫是不会这样说的。泰里，你说得也对。不过，曙光寿司店连一家分店都没有。”

“啊？这又是怎么回事？”

“怎么回事？很简单啊。那个店不叫曙光寿司店，而是叫曙光寿司总店。所以说，如果它要开分店，分店就应该叫作曙光寿司店分店。这样它自己不就成了曙光寿司总店了吗？”

“曙光寿司总店……”泰里十分惊讶。

这时，可多乐对我说：“那本书你经常看吧？香港饭店那个地方写的是什么？你把店名读给我听听。”

我又把书翻到了那一页。

“啊，确实写的是‘香港饭店横滨总店’。”

“你看，还没有分店就叫总店了。这其实是虚张声势，也算是有准备开分店的计划，人类都喜欢这么做。”

这样一来，我就放心多了，原来是为了虚张声势才故意叫作总店。即使没有其他分店，那辆车上也应该写着“香港饭店横滨总店”之类的字眼吧。

在横滨海滨瞭望塔旁边的那家香港饭店横滨总店，它的分店也许就是五金店改建后的那家店。

虽然这么想，但为了保险起见，我还是把其他地方的香港饭店的地址也都记了下来，然后随意地躺在书房休息用的椅子上。

那天傍晚，日野先生坐飞机去纽约旅行了。

他不在日本的时候，保姆老太太晚上经常会过来看我们。说心里话，这种情况挺危险。所谓的危险，是指保姆老太太要给我们刷毛。她看完我们并不满足，还会抓住我、可多乐和泰里，非要给我们刷毛。所以日野先生不在日本的晚上，布奇不会来家里。那天晚上，布奇就不在家。

“算了，既然住在家里，就当要交税吧，只好忍一忍了。”可多乐这样说。

我也在保姆老太太拿起刷子的那一刻接受了现实。

我躺在椅子上。可多乐朝着门的方向说：“真安静啊。”

泰里也朝着门的方向望了望，说着“我们要不要去看看？说不定保姆老太太现在倒在地上，满身是血，该怎么办”之类令人恐惧不安的话。

实际上，刚才白雪还在大恶魔家的时候，保姆老太太已经给我、可多乐和泰里刷了一遍毛。她现在还不想回去。

这时，外面传来白雪的声音：“我回来了！”

“白雪的毛那么长，保姆老太太肯定不会放过她。不过，白雪如果讨厌刷毛，肯定不会让保姆老太太碰她一根指头。真要是那样的话，该怎么办？”可多乐说。

这时，我才意识到自己还不知道白雪是宠物猫还是流浪猫。

“可多乐，你说白雪是宠物猫还是流浪猫啊？”

我问这个问题的时候，白雪把脑袋伸到敞开的门缝里，然后跑进了书房。

我感觉她身上的毛好像在闪闪发亮，非常有光泽。

“啊！好舒服啊。刷毛真舒服，保姆老太太还给我抹了沐浴露，做了营养护理。这肯定就是传说中为名贵猫量身定做的奢华毛发营养护理吧。正好我明天要出门，她还把我的毛吹干了。这个保姆老太太要是和我家的保姆换一下该多好呀。”白雪说。

白雪刚说完“快看呀”，便扬起下巴，把脑袋转了一圈。

“这家伙真会开玩笑。我们虽然不喜欢保姆老太太给我们刷毛，但她做饭很好吃，而且很勤快，还喜欢打扮，这么好的保姆上哪里找啊。她还经常说日野先生是个好人。要是换保姆的话，我可不答应。”可多乐说。

白雪说："哦，是这样啊。说起我们家的保姆啊，她刷毛动作慢，而且刷起来力度不够，反正让我感觉不舒服。她也不爱用沐浴露，给我吹风的时候，为了干得快，每次都把吹风的温度调得很高。唉，有没有机会让我们家的保姆好好学一学呢。"

我一听白雪说起家里的保姆，就知道她是一只宠物猫。她的哥哥天狼星也应该是宠物猫，因为他住的是家庭宠物医院。布拉多是宠物猫，可多乐现在也是宠物猫，如果白雪也是宠物猫的话，那这些聚在一起的猫老大都是宠物猫呀。那么，布劳恩算是哪一类猫呢？他的名字很像宠物猫……

听了可多乐和白雪的对话，泰里也知道了白雪是宠物猫。只见他跳上椅子，小声地说了句："原来白雪也是宠物猫啊。"

"看来是这样。"我对泰里说。

"泰里，虽然你也是宠物猫，但在白雪看来，是不是宠物猫已经无所谓了。从昨天开始，她就一直和你在一起，而且她的主人并不担心她。"

泰里理直气壮地说："肯定还会有点担心啊。"

"一点点担心……"

"算了。宠物猫和主人的关系其实就是这样。主人已经做好了心理准备，说不定宠物猫突然就找不到了。"

这时，我想起了远在岐阜的理惠。

"是吧……"我喃喃自语。

泰里没有注意到我的情绪变化，继续说："是呀。主人人好也很重要。你看，布拉多哥哥和恰克哥哥都知道我来这里的事。如果白雪不回去的话，奥户那边的猫也会担心的。明天鲁哥和白雪出发去横滨后，我就和布哥去和奥户那边的猫打个招呼，汇报一下情况。"

"那太感谢你了。"我对泰里说。

泰里说："不用谢，这点小事就交给我吧。"说着，他把脸靠在我的后背上，看上去很疲倦。

照这样下去，不会有谁谈论小樱桃的事了。

连我都这样的话，估计大家也一样吧。但真正的问题是，小樱桃真的没事吗？她到底在哪儿？真的在横滨吗？

问题当然不止这些，我很希望有谁能说"小樱桃肯定还活着""当然了"之类的话。

但是，一旦有人说这些话，不安的情绪又会开始蔓延。所以，大家谈论香港饭店横滨总店和保姆的话题，也许只是为了缓和紧张的气氛吧。

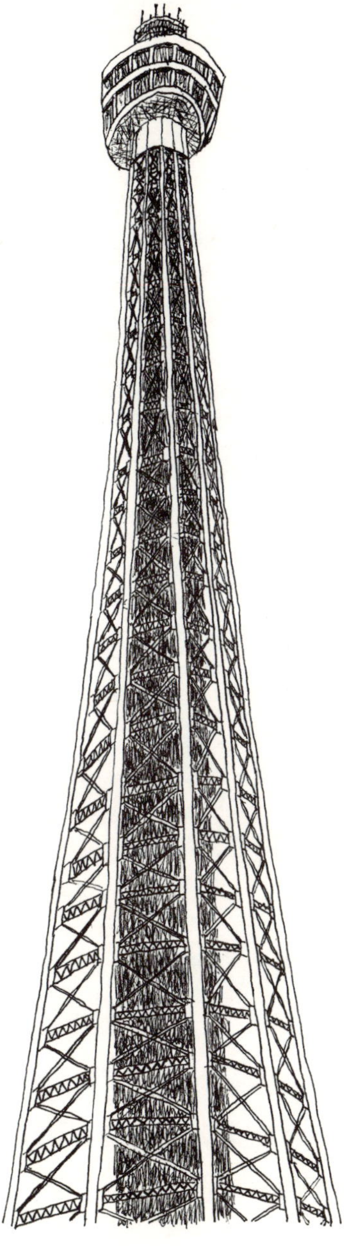

第十六章　摩天轮和一个有许多猫的地方

看到停车场上突然聚集了很多猫，司机一下子警惕起来，所以面包车的车门并没有像之前那样敞开着。第二天早晨，我们分头行动，准备在香港饭店附近待命。

没过不久，面包车便驶入停车场，并停在最左边的地方。司机下车后，拉开滑动门，打开后备箱，开始从车上往地上搬纸箱子。

这时，我听到司机自言自语地说了句："今天两趟可搬不完，起码得三趟。"

白雪就在路对面，我猜她应该也听到了。

趁着司机两次进出香港饭店的时间，我朝可多乐走去，此时他正躲在附近停放的一辆大卡车下面。

我对他说："大恶魔就拜托你了。"

可多乐看了看我，说："你准备什么时候回来呢？如果一直找不到小樱桃，你要一辈子待在横滨吗？"

我忽然意识到还有一件非常重要的事没有确定。

我考虑了一下，说："今天是星期三吧。周末商业街应该有很多人，找小樱桃比较困难。所以，如果到星期六早晨还没有找到她，我和白雪就坐那辆面包车回来。"

"我知道了。"

可多乐话音未落，司机已经搬着货，离开了面包车。

"一……二……"司机说着朝香港饭店走去。

听到可多乐说"就是现在"的时候，我一下子冲了过去。

白雪也从对面跑了过来。

我和白雪几乎同时跳进了面包车的后备箱。

司机从香港饭店搬出的纸箱子，杂乱无章地堆在后备箱里，纸箱子里面几乎都是空的。

我们钻到纸箱子之间的空隙中。

过了一会儿，司机回来了。他先是砰地一下拉上滑动门，接着咣地一下关上了后备箱门。

驾驶座旁边的门还开着，但车身却稍微有些倾斜。

司机坐上驾驶座，然后啪地一下关上门，启动了发动机。

车子稍微向后退了一下，便向前开动了。

车子开动的过程中，我一直很紧张。

司机打开车上的收音机，并调大了音量。

车上很吵，如果我和白雪说几句话或者动一动身子，不容易被发现。

不过还是小心为妙。

车子一路上走走停停，爬过一个大坡后，就再也没有停过。

此时，车子已经驶上了高速公路。

大概过了一小时，白雪说："我受不了了。"便从纸箱子的缝隙里钻出去，并把两只前爪搭在窗户上，朝外面看。

"喂，你这样会被发现的。"我小声对她说。

白雪却淡定地说："就算司机发现了，难道他会把咱们从这

里扔下去？”

我觉得白雪说的有道理，就和她并排一起朝窗外望去。

车子一直沿着海边的高速公路行驶着。

不久，我看见前面出现一个巨大的钢铁圆圈。那就是《横滨中餐馆指南》中说到的摩天轮。

白雪一边望着那里，一边问道：“咦，那是什么？”

“那就是摩天轮，像一个小房间一样吊在空中。坐在上面可以到达很高的地方哦。”

听我这么说，白雪小声地叹了一口气，说：“站在那么高的地方，看到的景色一定很漂亮吧。”

我说：“我们马上也能在高处看风景啊。”说完便钻进了纸箱

子的缝隙里。

白雪也马上钻了进来。

过了一会儿，车子开始下坡了，我知道车已经驶出了高速公路。

司机向右拐了几个弯，又向左拐了几个弯，然后熄灭发动机，下车了。

他先把车侧面的滑动门拉开。

“快，下来吧！”我说话的工夫，白雪已经跳了下来。

我也跟着跳下来。

司机打开后备箱门的时候，我和白雪已经站在车旁，好像早就在那里一样。

我们一回头便看见了铁塔。《横滨中餐馆指南》中也有介绍，那是横滨的海滨瞭望塔。

我们还在东张西望，司机已经进了旁边的一座二层小楼。

那扇门上写着“香港饭店横滨总店出入口”几个字，应该是香港饭店横滨总店的正门。

我在《横滨中餐馆指南》上看到的就是这家店，还看见了海滨瞭望塔。

这里的停车场也和分店的一样，只有四个停车位。但饭店里面的格局却不一样。

忽然，我感觉好像有谁在盯着我看，于是环顾了一下四周。

啊！

在香港饭店横滨总店和停车场之间有一座四层楼的建筑。在逃生楼梯的一层和二层之间有个舞池。一只三毛猫正蹲在那里朝这边看。

我也向那边望去。

白雪说：“那边有一只三毛猫。我们去问问他有没有在这附近看见一只小花猫。”

“好。”

但是，白雪刚往前走了一步，那只猫便纵身一跃，从舞池跳到了地面，然后消失在路边。

“要追吗？”我问白雪。

白雪说：“冒冒失失追上去搞不好会打起来。这附近难道就没有别的猫了吗？我们再找找其他的猫问一下吧。”说着，她朝停车场对面的马路走过去。

这条马路只有两条狭窄的车道，还有一条人行道。

附近的楼房不是很高，最多只有四五层。其他的都是二层小楼，有的是商店，有的是办公楼。

我说：“嗯，这条街上有很多猫啊。”

“快看，那边也有……”白雪说。

我顺着白雪指的方向望过去。只见马路对面的红色自动售货机上，有一只棕色的猫正一动不动地朝这边看。

这时，一辆大型公共汽车路过，正好挡住了我们的视线，等车开过去后，那只棕色的猫却不见了踪影。

白雪望着自动售货机那边说：“不管是刚才那只三毛猫，还是这只棕色的猫，都让我感觉有些奇怪。”

“嗯。不过，到目前为止，我们的计划都进行得比较顺利。难免会遇到一两个奇怪的家伙嘛。”

我说这句话的时候，并没有想到，这其实是寻找小樱桃的一个好的开始。

第十七章　冒险者的终点站与水上巴士

“如果小樱桃是在刚才那个停车场下车的，我们应该很快就能找到她。可是，附近好像没有猫，我们不如先换个地方找找吧。俗话说得好，‘灯影底下黑’。我们在四周转转，说不定会遇到一些消息灵通的猫。”白雪说。

“灯影底下黑，照远不照近”这句谚语也被收录在《口袋版谚语词典》里。意思是说，越是自己身边的事情，越不容易弄清楚。

突然，我的脑子里浮现出一幅《横滨中餐馆指南》里的地图。我对白雪说：“从这儿往东北方向走，会看到一片海，海边有一个非常大的公园。”

“有公园？太棒了！公园一向是流浪猫聚集的地方哟。而且，流浪猫和宠物猫可不一样，他们为了填饱肚子，必须四处奔波，所以知道很多事情。我们随便抓一只，揪住他的脖子，让他说出知道的一切吧！”白雪说着，抬头看了看太阳。

“从太阳升起的方向推断，东北方向应该在那边。”她说完便朝海边走去。

穿过几条羊肠小道后，我们来到了大马路上，可以看到马路对面有一艘很大的船。

路口亮起了红灯，路上的汽车全都停了下来，我们穿过马路走进公园，朝着那艘大船前进。

今天是星期三，也许是工作日的原因，公园里的人并不多。

实际上我知道那艘船，因为我喜欢翻阅百科全书。那艘船在日野先生家的那本《日本船舶大百科》里有记载，叫作“冰川丸号”。

我们走到“冰川丸号”旁。白雪聚精会神地望着黑色的船体，感叹道：“我还是第一次见到这么大的船呢。坐上它就可以去很远很远的外国吗？”

我从侧面望着白雪的脸，不禁想，这还是刚才那只说着“我们随便抓一只，揪住他的脖子，让他说出知道的一切吧”的猫吗？

不过，我可不是因为被她揪住了脖子，才说出自己知道的事情哦。

“这艘船叫作‘冰川丸号’，现在不用出海了，船舱已经改造得像博物馆一样。”

“这样啊，真没意思。”白雪立刻失去了兴趣，又望了望右边，说道：“那边好像有个牌子。虎子说过你会认字，对吧？那上面写的是什么呀？”

“水上巴士站。”

“什么是水上巴士站呀？”

关于水上巴士站，《横滨中餐馆指南》那本书里也介绍过。

我说：“水上巴士，换句话说，就是行驶在海上的公交车，用于连接横滨港内的每座栈桥。”

“哦，是吗？”

就在这时，从我们身后传来一个低沉、可怕的声音。

“喂，我说二位，你们是从哪儿来的猫，竟敢擅自闯入我的地盘！你们是来旅游的吗？好大的胆子！”

我回头一看，不知什么时候，一只有茶色斑点、右耳被撕掉一半的大花猫出现在距离我们两米远的地方。

我和白雪只顾着欣赏“冰川丸号”，竟然没发现有只猫在不知不觉地靠近我们。

其实，并不是只有这一只猫。在几米远的地方，一只、两只、三只……一共有六只猫跟在那只大花猫的后面。

我赶忙解释道：“等等，我们是来找一只猫的，大小……”

我的话只说了一半，就被大花猫打断了。

“闭嘴！这个公园是冒险者的终点站！你为谁而来与我毫不

相干。总之，今天你们就别打算活着回去了！”那只大花猫尽可能用洪亮的声音怒吼着，还使劲将肩膀压低。

糟了！

“明明是港口，怎么成了终点站？”不过这个时候和对方辩论显然不合适。

将肩膀压低就是准备打架的阵势。看样子他马上就要冲过来了。

二对七，对手还是一帮经常打架的家伙，即使白雪的个头儿再大也没有胜算。而且就算我们赢了，也不可能毫发无损。

这根本不是想象中“我们随便抓一只，揪住他的脖子，让他说出知道的一切吧”的场面呀。

三十六计，走为上计。但是，我的身后却是一片汪洋大海……

我一边想对策，一边看了看白雪的侧脸。只见她紧紧地盯着对方，小声地嘟囔着：“鲁鲁，水上巴士连接着几座栈桥，你这样说过，对吧？”

“嗯！”我轻轻地点了点头。

白雪接着说：“那我们先坐船逃走再说。”

“明白。”

“鲁鲁，你先走！”

“绝对不行，哪里有男生先逃走的……”

“知道了，我走了……”白雪话音刚落，就转过身，跑了起来。

就在这千钧一发的时刻，我也转身跑了起来。

“混蛋！你们想逃跑吗！快给我站住！”从后面传来了大花猫的叫声。

我紧跟在白雪身后跑着。

前面好像是水上巴士站的检票口。

这时，大约有十几位乘客正在通过检票口前往栈桥。他们前面还有其他步行的乘客。

大花猫马上命令手下：“兵分两路！从两侧夹击！”

白雪在乘客们的脚下穿来穿去。

“啊！”一个女人尖叫着，慌忙躲到一旁。我也从她的两腿中间钻了过去，跑开了。

但她的脚踝却撞到了我的肚子。

只听到一个男人大声叫道：“喂！那只流浪猫！不许跑进栈桥！”

到底是我和白雪像流浪猫呢，还是我和那群追我们的猫像流浪猫呢？我也不知道。

在栈桥左边有一艘白色的船正停在那里。通过架在栈桥和船之间的踏板，乘客们可以走到船上。

白雪嗖地一下就跳上了船，消失在登船口。

看到这个情形，我停下脚步，回头望了望。

只见三个穿着工作服的男人背对着我们在跺脚，好像在吓唬对面的那些猫。他们瞪着那几只被逼得走投无路、东蹿西跳的猫。

“别想逃走！”这是那只大花猫的声音。

“鲁鲁，快！”

是白雪在叫我。

我回头一看，白雪正在登船口看着我。

我也赶快跑进了登船口。

这时，乘客们也跟在我后面开始陆续上船。

“啊！有猫！”一个小孩子喊道。

在离登船口很近的地方，有一个楼梯。白雪快速跑上了楼梯。

我紧紧跟在她后面。

“有两只猫上船了！”不知是谁说了一句。

也不知是谁又说了一句：“管它呢！快开船吧！”

我们刚一上楼，就看到了甲板。

“这边！”

我用鼻子指了指甲板的位置。白雪便跑向甲板，我也跟着她上了甲板。

在甲板上可以看到栈桥。

那群猫估计已经被赶走了吧，因为这时已经看不到他们的踪影了。

没过多久，水上巴士就离开了栈桥。

在栈桥对面，停着一艘比我们乘坐的船还要小很多的船。那艘船是扁平的，我记得以前在哪里见过。在《横滨中餐馆指南》中有水上巴士的照片，下面还写着：“在横滨坐水上巴士是非常方便的！”

水上巴士……

咦？如果那个是水上巴士的话……这艘大到可以俯视那艘船的大船是……

我突然大声喊道：“这艘船不是水上巴士啊！”

第十八章　不是水上巴士的船和子路与孔子的对话

“你说这艘船不是水上巴士？”

白雪盯着我的脸，又说了句：“那是什么巴士？”然后望了望渐渐远去的陆地。

我说：“这艘船好像不是什么巴士。”

这时，从船舱里走出来一个穿工作服的年轻女人，对我们说：“嘿，猫咪们，外面多冷呀，还是船舱里暖和，你们要不要进来？”

因为已经远离陆地，海风越刮越大。我对白雪说：“进去吧。”便走进了船舱。

跟在我后面进来的白雪，仔细环顾四周，说：“对于水上巴士来说，这艘船确实大了些。难道这是要去美国的船？真是那样的话，倒也没什么。”

"没什么才怪呢！"我不禁喊出声来。

穿工作服的女人看着我们，问道："你们是不是肚子饿了？"

我压低声音说："要是去了美国，不就找不到小樱桃了吗？"

白雪却说出一个我意想不到的情况："那可不一定，说不定小樱桃已经坐上另一艘船，比我们先到美国了呢！"

朋友们经常说我能想出连魔鬼都想不出的计策，即便如此，像小樱桃去美国这种事，我怎么也想不到。

我说："别开玩笑啦。"

白雪接着说："我可没开玩笑呀。你不是从岐阜来到东京的吗？也许小樱桃觉得你很酷，就想模仿你，去远方的城市。如果她这次能到更远的地方，就会比你更酷。真是那样的话，更远的地方，比如美国，不是正好吗？"说完，她认真地看着我。

"咦？真的吗？"

面对有些半信半疑的我，白雪郑重其事地说："再说，我大哥天王星也不能老待在家庭宠物医院呀，他会回到他的地盘上，重新做老大。所以，我们也不是必须要回去。"

这时，刚才穿工作服的那个女人端着一个盛着章鱼烧的纸盘子走过来，放在我们面前，说："这是客人剩下的，你们吃吗？"

"那我就不客气了。"

白雪说着，用嘴舔着章鱼烧上面的蛋黄酱。

这艘船真的要去美国吗……

我突然想起了“冰川丸号”，于是问白雪：“喂，这艘船和‘冰川丸号’相比，哪个更大呢？”

白雪说：“应该是‘冰川丸号’吧。”

“那这艘船就不会去美国了。”

“那会去哪儿呢？”

“比美国更近的地方。”

“比如说……”

“我也不太清楚，比如北海道、冲绳之类的地方吧。”

“北海道、冲绳之类的地方？那也行。”

“这艘船应该属于渡船。去北海道或冲绳也行，反正都在日本。”我这样说了之后，又纠正了一下，“果然还是不行！”

“可是，不管船要去哪里，我们总不能中途下去吧。来吧，先吃点章鱼烧，你早已经饿了吧？”白雪说。

听她这么一说，我还真觉得有些饿了，应该是早就饿了。

我凑到了纸盘子跟前，一边吃章鱼烧，一边沉思。

无论是布奇的那件事，还是之前在家里，又或者和虎子一起在香港饭店分店的停车场找小樱桃的时候，包括现在，不知道船要开到哪儿去的时候，白雪一点儿也不慌乱，总是那么冷静，究竟是为什么呢？特别是刚才被公园里的猫追赶，还有我上船的时候被别人撞到的事，都不会发生在她身上。她虽然也在快跑，却毫不惊慌，还在登船口等着我。

我们各自吃了三个章鱼烧。等那个穿工作服的女人走开后，我问白雪：“白雪，你遇到困难的时候会不会想办法呀？”

白雪坐在通往甲板的通道上，用右前爪擦了一下嘴巴，说：“会呀。”

“我总觉得你一直都很冷静呀。”

“是吗？”

“是呀。”

白雪又用左前爪擦了一下嘴角说：“古时候有一个叫子路的人，是孔子的学生。”

“小白[①]是人名吗？怎么有点像猫或狗的名字呀。还有，明明是人，却叫小牛[②]老师，好奇怪呀。”

听了我的话，白雪紧盯着我看了半天，说：“鲁哥，听说你能想出连魔鬼都想不出来的计策。你怎么会说出这么奇怪的话呢？子路不是什么小黑、小白，而孔子是古代一个中国人的名字，不是什么小牛。”

“啊？这样啊，那子路和孔子之间发生什么事了？”

“有一天，子路问孔子：‘君子亦有穷乎？’孔子说：‘君子固穷，小人穷斯乱矣。’这是我在主人和客人谈话的时候听到的。意思是说，君子也会有穷困潦倒的时候，但是不能乱了手脚。”

---

①“子路”和“白色”的日语发音相近。

②“孔子”和“小牛”的日语发音相近。

当我听到她说“君子固穷”的时候，第一个词是“君子固”，并不是完全懂，也不知道为什么要用倒茶用的小茶壶[①]。但我还是觉得君子就是优秀的人，所以他们遇到困难的时候都能想出意想不到的解决办法。这句古语说的就是“穷则通”，这里的“穷”就是“困窘”的意思。

我想，君子的这些话也应该是谚语吧，不过有点长，《口袋版谚语词典》里应该收录了。

正当我思考的时候，白雪说：“‘君子固穷，小人穷斯乱矣’是我非常喜欢的一句话，而且我自己也尽量按照这句话说的去做。虽然做得不太好，但它就像是我的座右铭一样。”

白雪又说了一句我听不懂的话。

“‘问是一时之耻，不问是一世之辱’这句话也是谚语，意思是提问只是一时不好意思，但如果不问，就一直不明白，那就是一辈子的耻辱。《口袋版谚语词典》里也有这句话。不过，我问一些不懂的问题，不管问谁，都没有觉得不好意思。”

我问白雪：“‘座右铭’是什么意思？”

“是一直记在心里、用于指导自己生活的那些话。我不会识字和写字，所以只能背下来。”白雪说着，便滚到通道的一个角落里，躺了下来。

“我吃得太饱了，有点儿困，想要睡一会儿。”说着，她就

① “穷困”和“小茶壶”的日语发音相同。

躺下了。

过了一会儿，一个像是在上幼儿园的小女孩走了过来。

“啊！有猫咪！”她边说，边蹲下来逗我们。

白雪只是眯着眼睛，乖乖地让她摸。

不知道过了多久，我也睡着了。当听到广播里说马上就要到栈桥了，我才醒过来。

白雪已经醒了，坐在通道的角落里。

“马上就要到站了，我们下去吧。我也不知道睡了多长时间。别说是美国，这会儿连北海道和冲绳都没到。看来这艘船就是水上巴士啊。”白雪说。

船停在栈桥那里，刚才那个穿工作服的女人又走了过来，用两只手抱着我和白雪，把我们送下了船。

我可是一只有教养的猫，于是对着她叫了一声：“喵！”然后看了一下四周。

咦？栈桥和我们上船的地方很像啊。

可能栈桥的样子都差不多吧。我朝着人流的方向望去，果然有检票口，而对面是……

没错，对面就是刚才那只大花猫。而且，跟在他身后的手下数量几乎是刚才的一倍。

这时我才意识到我们乘坐的船既不是水上巴士，也不是外国游轮，更不是渡船。我们乘坐的是观光船！它绕港口一圈之后，还会再回到栈桥！

不管是孔子，还是谁，如果碰到这么多坏蛋等着自己，都会感觉很困窘吧，乱了阵脚也是正常的反应。我在白雪的地盘被包围的时候，因为知道天狼星是我的筹码，所以才无所畏惧。但现在我并没有这么强大的自信心。

我问自己能不能想出连魔鬼都想不出来的好办法，可是却想不出任何办法。

我只好看了看白雪，说："唉，没办法了。"

白雪却一点也不慌乱，反而说："走吧，鲁鲁。大家都等得不耐烦了。"然后站起身来，向着检票口走去。

第十九章　轮到我了和浪漫的汽笛声

白雪在栈桥和陆地相连的地方停下脚步。

我也停了下来。

“怎么了？”我小声地问。

白雪说：“你不是说过吗？如果我不听你的话，就想想我们第一次见面时的情景吧。”

我不明白她到底是什么意思。

“啊？什么事啊？”我问她。

白雪却一句话也不说，只是一直盯着前面看。

只要我们往前走，大花猫就会一步步地逼近我们，他手下的猫也会跟着一起出动。

大花猫已经通过了检票口，径直朝这边走了过来。

我数了一下跟在他后面的手下的数量。

二、三……七、八……十四、十五，数到这儿的时候，大花猫距离我们差不多只有一米了。但是，他却忽然停了下来。

“哟，小姐，没想到你还是个美女呢，你要是愿意做我老婆，我就放过你们。”大花猫一边说着，一边不怀好意地笑着，又往前走了一点儿。

他开始一步步地逼近我们了。

白雪却仍然一动不动。

大花猫的手下也开始慢慢逼近了。

十七、十八……

他一共有十八个手下。

这时，他已经走到了我们跟前，和白雪几乎是鼻子碰鼻子的距离了，说：“怎么样，小姐？做我的……”

大花猫话还没有说完，白雪就大喝道：“少来这套，你这个坏蛋！”

白雪话音刚落，就扬起她的前爪……

啊——

她发出了一种像是用爪子抓苹果的声音。

“啊……”

伴随着呻吟声，我的眼前立刻飞舞着许多猫毛。

接下来的一瞬间，大花猫的整个身体完全趴了下去。他的下巴猛地撞到栈桥坚固的水泥上，前额的毛也掉得精光。

就在他抖落指尖上沾着的水滴时，又碰到了白雪的右前爪，被白雪的爪子一划，又稀稀落落地掉了许多毛。

“什么情况……”大花猫一边怒吼着，一边准备站起身。

这时，白雪完全咬住了他的脖子，就这样一直咬着，头往后仰。

大花猫就这样被咬着，身体被甩向空中。当他的身体被甩到白雪正上方的时候，白雪才松开口。

大花猫一下子被甩到比人类还要高的地方。他在空中换了个姿势，脚朝下掉了下来。这时，白雪猛地撞了上去。

大花猫在栈桥上咕噜咕噜地翻滚着，差一点就要掉到海里，白雪忽然压在他身上，然后冲着我大喊：“鲁哥，现在该轮到你了，这可是连魔鬼都想不出来的计策哟！”

我还不明白她的话是什么意思，正发愣的时候，她又一次咬住了大花猫的脖子。挣扎中的大花猫被拉到了栈桥的边缘。白雪扭了一下大花猫的头，只听“哇”的一声，大花猫消失了。

大花猫掉进海里了，哦不，是被扔到海里了！

白雪把目光投向大海。

我被吓坏了，赶紧走到她身旁。

但白雪并没有把大花猫扔下去，只是紧紧咬着他的脖子，

将他的身体甩来甩去。

“不，不要啊，救命啊，救命啊！”

被吊在半空中的大花猫一个劲地扑腾着四肢。

白雪的攻击速度如此之快，以至于大花猫的那些手下还不知道到底发生了什么事。

“不要啊，不要扔我下去呀！”

就在大花猫第二次哭着求饶的时

候，他的手下才朝我们这边围了过来。

“喂！”白雪咬着他，好像在说些什么。

“鲁鲁！”

过了两三秒，我才明白过来，该轮到我上场了。我朝着围过来的十八只猫大声吼道：“你们这些家伙……”

接下来该说什么，其实我并不知道。

大花猫的性命已经掌握在白雪手中，哦不，是口中。

我们虽然有绝对的优势，但是万一白雪不小心把大花猫扔到海里，那么二对十八的战争就要开始了，我们也不可能安然无恙。

我必须要说一些虚张声势的话。

“你们这些家伙……”我又重复了一遍，“如果不想让你们的老大变成鲨鱼诱饵的话……”

那是情急之下才说的话，我真的不知道接下来该说什么了。

“你们这些家伙，快点给我从这儿消失，十秒钟内必须消失。否则你们的老大就是鲨鱼诱饵了！”我正在想接下来该说什么的时候，突然想起我们此行来横滨的目的。

于是，我一口气说道：“你们给我听着，在接下来的一小时内，你们必须给我找到一只身上有黑色斑点的白色小母猫。她的名字叫小樱桃，还是个孩子。如果你们查清楚了，却没有回来，你们的老大今天就是鲨鱼诱饵了。听着，你们只有一小时的时间，超过一秒都不行！”

听了我的话，那些猫面面相觑，不知如何是好。

“快，快去！”我大声命令他们。

这十八只猫“喵”的一声跑了起来，一下子都跑走了。他们向着四面八方，不，是十八个方向，跑着穿过了整个公园。

等他们走后，白雪把大花猫慢慢地拖上了栈桥。

被拖上来的大花猫呼哧呼哧地喘着粗气，倒在地上，身体缩成一团。

白雪欲言又止，对我说：“我在想，你到底要说些什么才能把这家伙的手下都赶走，干得不错！如果小樱桃就在附近，找到她只不过需要花点时间罢了。就算找不到，至少我们知道她不在这附近，免得白费力气。你这家伙果然能想出连魔鬼都想不出来的主意啊！”

“但是，如果一小时后，一只猫都不回来，该怎么办呢？”

听了我的话，白雪笑着说：“到时候这个卑鄙的家伙不就变成鲨鱼诱饵了吗？咱们再去其他地方找找看。”

“啊……”

发出这一声惊恐的叫声的可不是我，而是趴在白雪脚下的大花猫。

“你可别想逃跑啊！也不要想什么歪点子。你要是敢动一下，我马上就要了你的命。”

就在白雪威胁大花猫的时候，从海的对面传来了“呜……”的声音。

白雪望着海面说：“刚才的声音是汽笛声吧。好浪漫啊！鲁鲁，你觉得呢？那汽笛声好像是在邀请我们去某个遥远的国家呢……”

她的语气突然变温柔了。

刚才她还大声喊着：“少来这套，你这个坏蛋！”

听着一点也不像是从同一只猫嘴里说出来的话。

我不假思索地问：“你怎么说话的风格说变就变呢？”

白雪盯着我的脸，说：“什么叫‘说话的风格说变就变’？你自己不也说了‘你们的老大就是鲨鱼诱饵了’之类的话嘛。我们彼此彼此啦。”

听她这么说，我觉得还真是这样。

这时我又听到了汽笛声。

大花猫战战兢兢地抬起头，说：“那个……我想起一件无关紧要的事……”

“什么事？”白雪瞪着大花猫说。

大花猫赶紧把头缩回去，说：“不，是关于这附近的海，您可能误会了。这附近的海里根本就没有鲨鱼……不过即使没有鲨鱼，我们也不能下去游泳，这跟掉下去没什么两样……”

白雪听了大声吼道：“真烦人！你啰里啰唆的，追究这种小事！到底有没有鲨鱼，把你扔下去不就知道了！”

“不，不用那么麻烦了。”大花猫说。

这时，海面上第三次响起了汽笛声。

第二十章　大花猫的名字和遇到的好事

再过一会儿，又会有人来栈桥，所以我和白雪就一左一右夹着大花猫，来到通往“冰川丸号”入口的地方。

海边有护栏，大花猫没那么害怕了，所以不时地伸出脑袋眺望公园的方向。

我觉得他是在盼望同伴快点回来救他。

我没有看钟表，所以并不知道确切的时间，等到太阳开始西斜，我觉得差不多过去了一个小时。

这时，大花猫的手下——一只身上有条纹的猫回来了。

我们就在“冰川丸号”的入口旁边。那只条纹猫走到距离我们只有三米远的地方停下来，他先是看了一眼大花猫，然后又看了一眼白雪，当他把视线从大花猫身上收回来的时候，轻轻地摇了摇头。

这说明他没有找到小樱桃。

过了一会儿，又跑过来一只猫。接着，还有一只也回来了，但他们也没有找到小樱桃。

其中一只猫跟刚才那只条纹猫一样，只是摇摇头表示自己没有找到，而另一只猫却战战兢兢地走到大花猫身旁，向我们报告："实在抱歉，我已经竭尽全力寻找了，但在我们老大的地盘上确实没有找到。"

白雪问那只猫："你们老大的地盘是哪儿啊？"

那只猫不知道该不该回答这个问题，所以看着大花猫，等待他的批准。

见大花猫轻轻地点了点头，那只猫才继续说："这个公园可不止这么大，要说确实也挺长的。算上这个公园，西起大栈桥，东到山下埠头，都是我们老大的地盘。"

"那马路对面呢？"白雪问。

那只猫一脸怒气地说："马路对面属于那只自称是'绅士约翰尼'的猫，一个可恶的家伙。"

这时，一共有六只猫回来了。

第六只猫对大花猫说："还是没有找到啊。"

我们又等了一会儿，再也没有猫回来了。

其实，第一个回来的那只条纹猫一直在偷偷地看着白雪。

他们已经领教了白雪的厉害，所以就算是七对一也不一定能获胜。但是，我从他翘起的尾巴可以看出，他们想把大花猫抢回去。

时间一点点过去，大花猫越来越没有精神了。当第六只回来的猫向他报告，说“还是没有找到啊”的时候，他只是轻轻地点了点低垂的头。

不是有个成语叫作“无精打采”吗？大花猫确实是无精打采地坐在人行道上看着自己的前爪。

一旁的白雪问他：“你叫什么名字？”

大花猫还是那样垂着头，不管白雪能不能听到，小声地回答：“布鲁斯……”

“我叫白雪，跟我一起来的黑猫叫鲁道夫。我们从东京远道而来，想找迷路的小樱桃。”

大花猫听着白雪说话，默不作声。

白雪对我说：“鲁鲁，看来咱们只能去其他地方再找找了。”她站起身来，对低着头的大花猫说：“给你添麻烦了。”然后准备起身离开。

大花猫抬起头说：“什么？”

其他猫也同样用惊讶的眼神看着我们。

白雪停住了，回头说：“布鲁斯，你别失望，你有十八个手下，已经回来了六个，不也挺好吗？”

听了白雪的话，我终于明白大花猫无精打采的原因了。

他不仅是因为在自己手下面前打架输了而威风扫地，更重要的是，他的十八个手下有十二个逃走了，这让他更加沮丧。

白雪继续说："虽然还有就这样躲起来的家伙，但说不定还会再回来的。到时你可不要大动肝火，就直接说一句'喂，好久不见，还好吧'之类的话。这样才是真男人。"

大花猫抬起头看了一眼白雪。

可能是心理作用吧，我觉得他好像微微点了一下头。

"走吧，鲁鲁。"白雪说完就走了。

我对留在那里的猫咪们说了句："再见了。"

和白雪的酷劲儿相比，我的话显得很愚蠢。

总之，还是先回到出发的地方吧。我们又穿过车水马龙的大马路，一边找小樱桃，一边朝着香港饭店横滨总店的停车场方向走去。

这是什么地方？不但没有白色的面包车，而且连一辆车都没有。

在白色面包车停过的地方，白雪弯下腰说："除了我，如果是别的母猫，最多也只能走到人类一个小时能走到的地方吧。小樱桃如果从这里下车，最少也得走几天时间，所以她应该还在这附近。我们仔细找的话，肯定能找到她。"

"这附近都是绅士约翰尼的地盘，我们想要找的话，可以让他的手下帮忙找小樱桃，但不知道他是否同意。不过绅士约翰尼是个绅士嘛，性格应该比较沉稳。”我说。

白雪接着说：“也对。”

我突然想，白雪这个名字从字面上理解，应该就是白雪公主的意思吧，那她的性格是……

我正准备说话的时候，白雪用她的前爪踢中了我的后脑勺。虽然不是很疼，但我还是忍不住喊了一声：“好疼啊……”

白雪却装作没听见的样子，说：“哎呀，你怎么了，鲁鲁？”

然后，她又认真地说：“那个叫作‘绅士约翰尼’的猫老大如果和布鲁斯一样，和我们打架，你就说和刚才一样的话，这样咱们总会找到小樱桃的。”

“柳树下面不一定总有泥鳅”这句谚语也出现在《口袋版谚语词典》里。意思是说，你可能有一次机会在柳树下面抓到泥鳅，但不可能每次都能抓到。这句话比喻好运气不会经常降临到你头上。

那天，我们就在附近寻找小樱桃，找啊找，一直到晚上都没有找到她。

我们时不时会在马路对面的人行道上、墙上和紧急楼梯上看到猫，但他们一看到我们就都跑走了。我们也没有找到那只叫作“绅士约翰尼”的猫，其实我们本来也不知道他到底是什么模样。

我想，不如去问问布鲁斯或者他的手下绅士约翰尼是什么样子吧。

这种事在谚语里叫作“事后诸葛亮”，不过事到如今，为时已晚。

已经是深夜了，我们只能试着去有名的中华街找找看。这时，所有店铺都打烊了。我们吃点人类吃剩的或者扔掉的肉包子，

应该可以填饱肚子。

当我们回到停车场的时候，香港饭店横滨总店已经关门了，但那辆白色的面包车却停在那里。

我们钻到车子下面，决定就在这里睡觉。

后半夜，开始起风了。强劲的风吹过我的头顶，我感觉车子在不停地晃动。

我和白雪靠在一起，继续睡觉。

天快亮的时候，我梦见泥鳅在栈桥举行活动。

第二十一章　熟人的熟人的女朋友和叫海风的猫

“难道你们俩就是找孩子的那两只猫呀！快醒醒，起来啊！”

我突然被一阵叫声吵醒了。

我抬头一看，发现在车子的两个后轮之间，好像有谁在朝这边看。

白雪弓着身体，大声地问道：“谁？”

“是我。昨天在布鲁斯的地盘上我们见过面。”

一听声音就知道他是布鲁斯手下的那只条纹猫。

白雪对我说：“鲁鲁，你从那边出去！”说完她就朝条纹猫的方向走去。

她从相反的方向出去，也许是为了防止有埋伏吧。

我按照她的指示从车子前方爬了出来，又走到了车子后面，并没有发现其他猫。

条纹猫对白雪说："虽然事情已经过去了，但我冷静下来之后，还是想再问问您。您二位昨天是为了找一只名叫小樱桃的猫而来的吧。我虽然帮不上什么忙，但这两天我在各个猫老大的地盘交界的地方散步的时候，碰见了其他地盘的猫，心想，如果他们见过小樱桃，我就把您介绍给他们认识一下。昨天我又去了其他猫的地盘，告诉我那个熟人，如果见到小樱桃，就马上通知我。我们的猫老大见我一小时后没回来，不知道发生了什么事，据说还到处找我。就在昨天夜里，我那个熟人来我家里，说他的熟人的女朋友看见小樱桃倒在一个小山坡上。虽然我还不太确定，但我觉得还是先告诉你们更好。不，应该是先找到你们。"

听到这儿，白雪猛地站起身来，问："小樱桃倒在哪里了？"

"我知道，你们跟我来吧。"条纹猫说完就往前走，白雪也跟着他走。

我有点担心这是一个圈套。

不过，有句谚语不是说"不入虎穴，焉得虎子"吗？意思是说，如果不进入虎穴，就抓不到小老虎。也就是说，如果不敢尝试，就不会得到想要的结果。当然，这句话也出自《口袋版谚语词典》。我一边想着这句谚语，一边去追白雪。

清晨，马路上空荡荡的。

条纹猫横穿几条马路，向左和向右拐了几个弯，又过了一座桥。

半路上，我们还看见了海滨瞭望塔。

我边走边想，条纹猫说小樱桃倒下了，到底是怎么回事？要是她饿晕了还好说，万一被汽车……我不敢再往下想了。

现在怎么想也没用。

过了桥，我们还要继续上坡。

我有点喘不过气来，跟不上他们的步伐了。

终于到了坡顶。准备下坡的时候，条纹猫却突然停下脚步，喘着气说：“她说就在这附近啊……”

这是一片住宅前宽阔的空地，我环顾四周，却没有发现小樱桃。

“奇怪，确实是从这家的院子走到马路的时候摔倒的，我听说……”条纹猫说着，也看了看四周。

可能是夜里刮大风吧，院子里的树也被风吹得倒在马路边的墙上。

“难道你想……”白雪瞪着条纹猫，低声吼道。

“不！我可不想成为鲨鱼诱饵，我从没想过要骗你们。”

我上气不接下气地盯着条纹猫，问道：“这里是绅士约翰尼的地盘吧？”

“不，这里不是。”

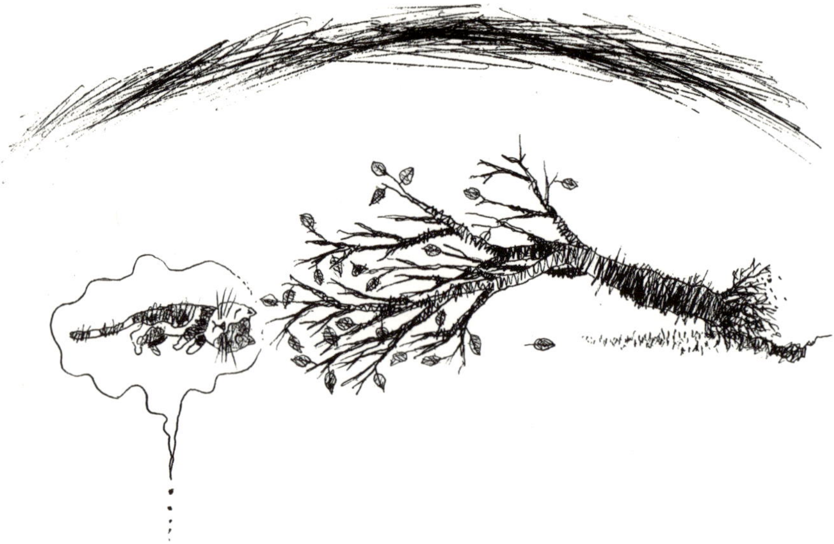

站在一旁的白雪对条纹猫说："其实根本就没有猫倒下吧，倒下的只不过是树而已……"

条纹猫望着倒下的树说道："嗯？"接着，他走到墙角，望了望那棵树。

白雪看了一会儿，准备回去。她对条纹猫说："喂，你的熟人到底跟你说了些什么？快告诉我。"

条纹猫说："我的熟人说，他的熟人的女朋友看见小樱桃倒下了。"

"你是说，你的熟人的熟人的女朋友看到小樱桃倒下了。会不会传错话了呢？那棵倒下的树是樱花树呀。"

听白雪这样说，条纹猫说："那又怎么样？"

他还是一副疑惑不解的样子，不过我已经明白了到底是怎么回事。

在英语中，"樱花"的读音和"小樱桃"的读音是一样的。

那只母猫一开始肯定是说樱花树倒了，而在一次次传话的过程中，樱花树就变成了小樱桃。

"为什么呢？"条纹猫望着我，问道。

我告诉他："在英语中，'小樱桃'和'樱花'的读音是一样的……"

"啊！原来如此……"条纹猫有些沮丧地望着樱花树，目光又回到白雪身上，说："实在对不起，给您添麻烦了……"

白雪苦笑了一声，对他说："没关系，你又不是故意的。我还要谢谢你呢。这样也好，幸亏不是小樱桃倒下了。"

我突然松了一口气，跑了起来，但感觉脚步越来越沉重。

"真对不起，我要回去了。毕竟在别人的地盘不能久留。"条纹猫说着，起身就要走。

我和白雪也肩并肩地走着。

条纹猫对我说："听说你们是从东京的东边来的，你们那个地方是什么样的呢？"

我告诉条纹猫一些关于东京的事情，然后说："我们那边的河对面就是千叶县，那片地盘属于龙虎三兄弟，听说他们手下总共有三千只猫。"

条纹猫说："那是骗人的吧。"

条纹猫的眼睛本来就很圆，这下瞪得更圆了。他问道："有三千个手下的话，那他的地盘得有多大呀？"

他还真是一只性格和善的猫啊。

就这样，条纹猫把我们俩送到了香港饭店横滨总店的停车场。分别的时候，他对我们说："我还没有做自我介绍呢。我是布鲁斯手下的猫，名叫'海风'，意思是从海边吹来的风。我是一只流浪猫，名字是我自己取的。"说完，他头也不回地跑走了。

第二十二章　绅士约翰尼和让我感觉耳朵痒痒的风

海风走后，白雪叹了口气说：“虽然说是虚惊一场，但我怎么感觉心情很好呢？”

“对呀。”我回应道。

“今天咱们去哪里找小樱桃呢？要不要去更远一点的地方找找？”

“真是的！我昨天不是说了吗？猫咪最多也就能走人类一个小时走的路呀。”

白雪说话的时候，香港饭店横滨总店的货车司机从马路对面走过来，然后上了车，好像是要开车去哪里。

白雪说：“幸亏没让虎子、布奇和泰里来，我才是最合适的。要是把这件事交给这些男生去做，说不定他们现在已经在开往

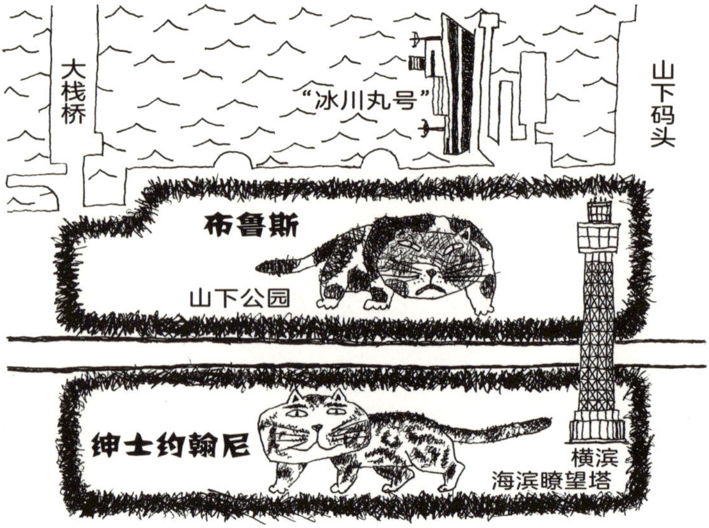

外国的船上了呢。咱们上午先在附近找找吧，下午……”

白雪刚说了一半，不知从哪里传来一个声音。

“还真是这样啊，小姐。男生考虑问题确实都很简单呀。”

我马上朝周围望去，只见香港饭店横滨总店大楼的阴凉处有一只很像咪咪的猫。

那是一只美国短毛猫。

和咪咪不同的是，他是一只公猫，而且个头儿要比我们大很多。从毛色的光泽可以看出，他是一只宠物猫。

美国短毛猫走到我们身边，在停车场的水泥地上坐下。他微微低下头，像行礼一样，然后对我们说：“我先自我介绍一下，我是负责这一带治安的绅士约翰尼。听说这一带来了两个陌生的年轻人，当然不是人类，是年轻的猫。他们昨天从香港饭店的货车上下来，好像在找什么。据说，他们俩去了布鲁斯的地盘，如果没有发生什么意外，那就太好了。昨天下午，又有一个年轻人说在中华街看到一只白色的长毛母猫和一只黑色的青年公猫，好像也在找什么。刚才，我们这里的一个年轻人告诉我，你们就在这里，所以我特意过来和你们打个招呼。”

他那种彬彬有礼的态度倒让我们有点不知所措。

白雪回应道：“哦……”然后就一直看着对方的脸。她觉得既然对方做了自我介绍，我们也应该自我介绍一下。

白雪说：“我们是……”

她刚开口，绅士约翰尼就说：“我认识你们。不过如果认错的话，请你们不要介意。你们是白雪小姐和鲁道夫先生吧。欢迎你们远道而来啊。”

这只猫为什么第一次见到我们就知道我们的名字呢？白雪和我都在思考这个问题。

“你怎么知道……”

这时，绅士约翰尼冲着刚才出来的那个大楼的拐角喊道：“过来吧。”

我先是看到一只茶色的猫探出脑袋，朝这边走过来。他大概就是之前趴在自动售货机上的那只猫吧。

但是，当我们看清跟在他身后的那只猫时，不由得喊出声来：“小樱桃！”

无论是看那黑白相间的毛，还是看体形，都可以断定她就是小樱桃。

白雪在我旁边小声地说：“是小樱桃啊。”

这时，我才忽然意识到她还从没有见过小樱桃呢。

无论是在大恶魔家，还是开牛排派对的时候，小樱桃都不在场。直到小樱桃失踪，白雪始终没有见过她。就在大家为谁去找小樱桃而争论不休的时候，白雪却说：“大家就把这件事交给我们吧！”

她说这句话的时候，大家都没有想到，其实她根本没见过小樱桃。

我看着白雪，只听她说：“我总觉得这孩子哪里长得很像她爸爸。”

小樱桃被那只茶色的猫带过来后，立刻跑到我身边，问：“鲁道夫叔叔，你也是坐车来玩的吗？”

说完她朝白雪看了一眼，小声地问我：“她是和你一起来的白雪阿姨吧？”

“是啊。”我点了点头。

小樱桃抬起头，对白雪说：“我叫小樱桃，我爸爸是布奇，妈妈是咪咪。您就是白雪阿姨吧？我听我妈妈提起过您。”

她这么礼貌地打招呼，让我大吃一惊。

绅士约翰尼甩着他的长尾巴，说："哎哟，小樱桃，你真有礼貌，很不错嘛！"

小樱桃这么礼貌地打招呼，应该是绅士约翰尼教她的吧。

接着，绅士约翰尼告诉我们事情的经过："三天前，我们的一个年轻人刚好在停车场看见这孩子。她正从货车上下来，因为还是个孩子，所以我马上派手下去保护她。我的主人在中华街做贸易生意，很喜欢大猫，所以家里养了好几只大猫，即使多出一只猫也不会有人过问。于是，我把她带回家，照顾她。昨天一个年轻人告诉我，香港饭店横滨总店的停车场来了两只

陌生的猫，我就告诉了小樱桃，没想到她说：‘莫非是鲁道夫叔叔。’于是我就带着她来这里了。不巧的是，你们当时不在这里，所以我们就一直在这儿等着。后来我看见你们和布鲁斯的手下一起从那边回来了。我们不想和他们发生争斗，而且那个叫海风的看到我肯定也会不舒服。所以我们一直等他离开了才出现。”

听了这些话，白雪客气地说：“哎呀，原来如此。这些天多亏您照顾小樱桃，真是太感谢您了。”

绅士约翰尼说：“我们别待在这儿说话了，一起去我家吧。正好到了吃早饭的时间，我也不知道饭菜合不合您二位的口味。先这边请吧！”说着就要起身。

小樱桃对我说：“走吧！绅士约翰尼先生家里的饭很好吃，而且还有烧卖哦！”

我正犹豫着要不要去的时候，绅士约翰尼回头说：“这里的货车去工厂装上货物后，会返回这里，卸下一大半货物，然后才把剩下的货物运到分店。现在离车子出发还有一个小时，去我家十分钟都不到。你们吃过早饭再回来也来得及。”

听完他的话，白雪对我说：“那咱们就恭敬不如从命了。”说完她就准备走。

小樱桃和白雪并排走在前面。

那只茶色的猫跟在她们后面，对我说：“您请，您请。”

我也跟在他们后面走着。

总之，能找到小樱桃真是太好了，我那颗悬着的心总算放了下来。突然，我感觉肚子饿了。

这时，从海边吹来的风让我感觉耳朵痒痒的。

尾声

找到小樱桃的那天，绅士约翰尼邀请我们吃早饭。我们盛情难却，在他家舒舒服服地吃了顿早饭。然后，我们又去了中华街，吃了刚出锅的肉包子。这次的包子可不是白捡的哦。

路过包子铺时，我被绅士约翰尼叫住了。但是包子铺的人说的好像是中文，我听不懂。只知道绅士约翰尼拿回来分给我们的肉包子很好吃。不过，刚出锅的包子有点烫。

要知道，我们猫咪很怕吃烫的东西。

第二天一早，也就是星期五早晨，我坐上香港饭店横滨总店的面包车回去了。

当我从香港饭店的停车场跳下车子的时候，看见可多乐、布奇、泰里和咪咪都在那里等着。

听说自从我和白雪离开后，大家每天早晨都会在这里等着我们。

但是，当看到只有我一个人从车上下来的时候，布奇马上问："鲁鲁，小樱桃和白雪呢？"

我回答道："她们两个还在横滨呢。我一会儿再跟你们细说，咱们还是先去大恶魔那里吧，我怕大家担心。虽然他们极力挽留我，但我还是先回来了。"

听我这么一说，大家都非常吃惊。

那天在横滨吃早饭的时候，小樱桃对我说："我就像拉奇和曲奇一样，不能决定将来生活在哪里，我很讨厌这样。我想自己决定在哪里生活，所以才学鲁道夫叔叔，冒险一回。绅士约翰尼先生和大家对我都很好，我想一直住在这里。我希望您能把我的想法告诉我的爸爸妈妈。"

白雪听了对我说："如果真是这样的话，那我们留下来试试，看看这个地方到底适不适合小樱桃。你就先回去向大家汇报情况吧。"

虽然留下来看看适不适合这个理由听起来很充分，但我觉得她想留下来的原因不会这么简单。

从停车场到绅士约翰尼家的路上，白雪无意中说到摩天轮，绅士约翰尼听了，说："那个啊，要是人多的话，是很难上去的，空着的时候还好。我家主人和游乐场的领导关系很好，我和摩

面

天轮那里的一个工作人员关系也不错。如果你和我一起去，就可以坐摩天轮哦。人与人之间的关系固然重要，猫和人类的关系也很重要。”

白雪马上接过话说：“猫和猫的关系也很重要哦！”

“那当然了。”绅士约翰尼很赞同她的话。

我觉得白雪想留在横滨，和这件事有关系。

回去之后，我告诉大家许多发生在横滨的事情。

关于小樱桃的事，布奇说：“既然她做了决定，我也没办法。”

咪咪也附和道：“是啊。”

大恶魔说：“猫就是要有自由才好嘛……”

我向泰里转达小樱桃的话：“啊，对了，泰里。小樱桃要我替她谢谢你。”

泰里歪着头问：“啊？谢我什么？”

“你教她认字的时候，她虽然摆出一副爱听不听的样子，其实她在认真地学。她学会了片假名和平假名。我们一起散步的时候，我让她读一读车牌上的平假名，她真的都能读出来。所以，她现在起码会读平假名了。”

“原来是这样。”泰里说着，叹了一口气。

可多乐说：“原来小樱桃会认字了，看来她有信心出去长见识，教养真的很重要啊！”说完，他抬起头望着秋天蓝色的天空。

后记

很多读者都给出版社打电话，询问鲁道夫怎么还没有出第四本书，是不是要继续出版。

我听了当然非常高兴。但这个系列确实是猫写的，我不能代替猫。于是出版社的人又给我打电话说：“难道你真的是从鲁道夫那里得到手稿，然后很费力地去誊写吗？如果你没有收到手稿，千万不要欺骗我们啊！”

他们这样半信半疑，我也不知道说什么好。确实和以前一样，在我家的大门口，又摆着一堆手稿。

我当然会马上誊写手稿，然后交给出版社的人。

因此，大家能读到这本书，我也就放心了。

总之，因为我只是誊写了手稿，所以有些话，或者是有些说话的方式，你们最好还是亲自去问问鲁道夫，这样更好……

齐藤洋

RUDOLF

著作权合同登记图字：01－2016－9776

图书在版编目（CIP）数据

鲁道夫和一只叫白雪的猫 /（日）齐藤洋著；（日）杉浦范茂绘；秦岚译. －－北京：新星出版社，2017.4
ISBN 978－7－5133－2483－0

Ⅰ.①鲁… Ⅱ.①齐…②杉…③秦… Ⅲ.①儿童故事－图画故事－日本－现代 Ⅳ.①I313.85

中国版本图书馆CIP数据核字（2017）第045828号

鲁道夫和一只叫白雪的猫
［日］齐藤洋 著
［日］杉浦范茂 绘
秦岚 译

责任编辑 汪 欣
特约编辑 喻寒菊
责任印制 史广宜
装帧设计 续 超
内文制作 王春雪

出　　版 新星出版社 www.newstarpress.com
出 版 人 谢 刚
社　　址 北京市西城区车公庄大街丙3号楼 邮编 100044
电话（010）88310888 传真（010）65270449
发　　行 新经典发行有限公司
电话（010）68423599 邮箱 editor@readinglife.com
印　　刷 保定市中画美凯印刷有限公司
开　　本 880mm×1230mm 1/32
印　　张 6.25
字　　数 100千字
版　　次 2017年4月第1版
印　　次 2017年4月第1次印刷
书　　号 ISBN 978－7－5133－2483－0
定　　价 29.50元